Felicity Green

CONNEMARA-SAGA:

ERLENSCHILD
&
ESPENGEIST

Novelle und Kurzgeschichte in einem Buch

1. Auflage, 2018
© Felicity Green
www.felicitygreen.com
Felicity Green, Jestetten
Felicitygreenauthor@hotmail.com

Umschlaggestaltung: CirceCorp design – Carolina Fiandri, circecorpdesign.com
Coverbild: Depositphotos © DanFLCreativo, liqwer20@gmail.com
Korrektorat: Wolma Krefting, bueropia.de
Satz: Corinna Rindlisbacher, ebokks.de

www.felicitygreen.com

Herstellung und Verlag: BoD - Books on Demand, Norderstedt

ISBN: 9783746059112

erlenschild

Novelle

Kapitel eins

Hunger.

Das Bedürfnis der vielen Männer und der paar Frauen am Tisch war so überwältigend, dass Colleen es nicht ausblenden konnte. Das junge Feenmädchen saß mit hochgezogenen Schultern und gesenktem Kopf auf einer Bank, eingequetscht zwischen ihrem Freund Tio und einem Krieger der Anti-Royalisten. Zaghaft streckte sie die Hand nach einem knusprig gebratenen Hasenschenkel aus, doch jemand anders kam ihr zuvor. Der Mann schnappte ihr das köstlich duftende Fleisch vor der Nase weg, ohne überhaupt zu merken, dass auch sie es darauf abgesehen hatte. Es gab noch andere Speisen auf den Platten in der Mitte des Tisches, aber Colleen traute sich nicht, zu fragen, ob man ihr etwas reichen würde. Ohnehin war es so laut im Speisesaal, dass ihre leise Stimme wahrscheinlich untergegangen wäre. Die Rebellen, die hier zum Abendessen versammelt waren, redeten alle durcheinander. Sie schmatzten und rülpsten. Gierig stopften sie das Essen in sich hinein. Man hatte das Abendessen auf die späte Stunde verschoben, weil alle auf Fionn, den Anführer, warteten, der heute von einer wichtigen Mission zurückkommen sollte. Doch der Empfangstrupp, der im Tal Glenariff am Fuße der Eisenberge auf Fionn wartete, hatte noch niemanden gesandt, um anzukündigen, dass der Anführer zurück war. Und so hatte man schließlich ohne ihn angefangen. Alle fieberten seiner Ankunft entgegen und die Stimmung war deshalb besonders aufgeladen. Nach mehreren Tagen Abwesenheit, während der die Krieger nicht viel zu tun gehabt hatten und immer rastloser geworden waren, brauchten sie, ja, gierten sie nach einer Aufgabe. Der Hunger, den sie spürten, machte Colleen sich bewusst, war nicht nur ein Hunger nach Essen. Die Anti-Royalisten dürstete es nach Aktion; sie wollten endlich kämpfen.

Den Sidhe, die es wagten, sich gegen ihre Königin und die Adligen aufzulehnen, lag das Kämpfen schließlich auch im Blut. In einer Welt, in der Feen schon seit frühester Kindheit indoktriniert wurden, nicht gegen ihre sogenannte Berufung aufzumucken, gab es nur wenige, die so etwas wagten – wenn man schließlich dazu geboren war, Diener, Bauer, Weber oder sonst was zu sein, kam man nicht auf die Idee, die gehobenere gesellschaftliche Stellung anderer zu hinterfragen. Die wenigen Männer und Frauen, die Fionn davon überzeugen konnte, die Vormachtstellung der Königin und der Adligen infrage zu stellen, waren mutige, selbstbewusste Kämpfertypen. Genau das Gegenteil von Colleen. Kein Wunder also, dass sie sich hier so fremd fühlte.

Tio warf ihr einen Seitenblick zu und füllte ihr dann etwas von seinen gestampften Kartoffeln auf den Teller. Dankbar lächelte sie ihn an und gab ihm einen zärtlichen Kuss auf die Wange. Ein, zwei Sekunden lang fühlte sie nichts als die Liebe, die von ihm ausging. Er brauchte sie. Sie wollte sich gerne in diesem schönen Gefühl sonnen, doch sie musste es abblocken, um nicht zu viel zu fühlen. Der Hunger der Männer und Frauen am Tisch war einfach zu stark und sie konnte es nicht aushalten.

Sie hätte niemals gedacht, dass ihre Begabung als Dienerin, als *Cailín*, ihr einmal solche Schwierigkeiten bereiten würde. Eigentlich war sie immer sehr stolz darauf gewesen, wie gut es ihr gelang, die Bedürfnisse anderer intuitiv zu spüren. Sie hatte ihre Berufung nie infrage gestellt, sondern hatte sich gefreut, gut darin zu sein. Bis ihr Alice den Floh ins Ohr gesetzt hatte, dass sie vielleicht nicht dazu bestimmt war, andere zu bedienen, sondern mehr aus sich machen konnte. In Alices Welt, der Menschenwelt, konnte jeder selber bestimmen, wie sein Leben aussehen würde, hatte ihr Alice erzählt. Wieso sollten es denn die Sidhe nicht können? Je mehr sie sich mit Alice angefreundet hatte, desto weniger unterschiedlich waren ihr Feen und Menschen vorgekommen. Und im Rausch der Flucht aus dem Palast der Königin – noch nie hatte sie so etwas Aufregendes erlebt und sie selbst hatte die Entscheidung dazu getroffen! – hatten sie noch keine Zweifel geplagt, das Richtige getan zu haben. Die mitreißenden Reden des charismatischen Rebellen-Anführers hatten ihr übriges getan. Die ersten Tage hier waren wie ein Fieber gewesen. Doch mittlerweile sah sie alles wieder etwas nüchterner.

Obwohl sie immer noch froh war, mit Alice hier hergekommen zu sein, allein schon, weil sie so mit Tio zusammensein konnte, war sie sich allmählich nicht mehr sicher, ob Alice recht gehabt hatte. Sie konnte nichts anderes, als eine Cailín zu sein und ihre Fähigkeiten waren hier völlig nutzlos. Tio, beispielsweise, war ein Fahrer. Er hatte die seltene Begabung, die mit einer Art Batterie betriebenen Gefährte per Handauflegen anspringen zu lassen. Deshalb hatten die Anti-Royalisten, zu denen auch Tios Bruder gehörte, schon seit Langem versucht, Tio zu rekrutieren. Die anderen hier am Tisch hatten bestimmt ebenso nützliche Fähigkeiten, viele wahrscheinlich welche, die ihnen im Kampf helfen würden. Was hatte sie, Colleen, hier schon beizutragen? Und Alice war auch nicht mehr da. Sie war in die Welt der Menschen zurückgekehrt und hatte sie hier allein gelassen. Colleen hatte hier nur Tio und sonst niemanden. Was tat sie hier bloß?

Colleen wurde aus ihren Gedanken gerissen, als für eine Sekunde lang Totenstille im Raum herrschte. Alle schauten in Richtung Tür. Fionn war endlich zum Fort auf dem Gipfel des Berges Lurigethan zurückgekehrt und wurde nun mit tosendem Beifall empfangen. Im Speisesaal war es jetzt noch lauter als zuvor. Die Anti-Royalisten grölten und schrien, als Fionn sich seinen Weg zum Kopf des Tisches bahnte und sich dort auf einen Stuhl stellte. Es wäre nicht nötig gewesen; groß und breitschultrig wie er war, hatte er auch so genügend Präsenz. Alle Augen waren auf ihn gerichtet. Auch

Colleen konnte ihre nicht abwenden. Fionns muskulöse Arme und Beine glänzten vor Schweiß und er atmete schwer, so als ob er den Berg hochgelaufen wäre. Seine breite Brust hob und senkte sich, während er wieder zu Atem kam. Die blauen Augen blitzten unter dem roten Haarschopf auf, der ihm in die Stirn fiel. Er hob die Hand, um den anderen anzudeuten, zu schweigen. Augenblicklich wurde es still. Die Luft vibrierte vor Anspannung.

»Wie ihr alle wisst, haben wir von Alice, dem Menschenmädchen, das von Königin Morrigan entführt wurde, einiges über Morrigan und ihre Machenschaften erfahren. Die Dienerin Colleen, die Alice mutigerweise zur Flucht verholfen hatte, hat uns in allen Einzelheiten vom Königspalast berichtet, in dem Alice festgehalten wurde und wo Colleen seit ihrer Kindheit in Anstellung gewesen war. Wertvolle Informationen, danke, Colleen!«

Fionn nickte Colleen zu und alle schauten sie an. Sie merkte, dass ihr die Röte in die Wangen stieg und neigte den Kopf, damit ihre glatten, langen, hellblonden Haare wie ein Vorhang vor ihr Gesicht fielen und es versteckten. Sie war dankbar, dass Fionn sogleich fortfuhr und wieder die Aufmerksamkeit der Männer und Frauen im Raum auf sich lenkte.

»Obwohl wir aufgrund dieser Informationen aus militärischer Sicht im Vorteil wären, bringt es nichts, Morrigans Eichenpalast einfach zu stürmen, wie viele von euch gefordert haben.«

Die Lautstärke schwoll wieder an, als die Krieger enthusiastisch vor sich hin murmelten. Offensichtlich waren sie der Meinung, dass das trotzdem eine gute Idee wäre – sie waren voller Tatendrang und Morrigans Palast anzugreifen, käme ihnen gerade sehr gelegen. Doch Fionn gebot ihnen wieder Einhalt und seine laute Stimme übertönte alle, als er sagte:

»Selbst wenn es uns gelingt, als Armee unbemerkt nach Connemara zu kommen und selbst wenn Morrigan dann im Palast sein wird, was wir nicht wissen können, erreichen wir damit nicht viel mehr, als den Kopf der Schlange abzuschlagen. Unser Feind heißt nicht nur Morrigan und wenn die Königin gestürzt wird, werden der Schlange einfach neue Köpfe wachsen. Ihre Schwester

Maggie wartet sicherlich nur darauf, sich an die Spitze zu drängen, und wenn es ihr nicht gelingt, gibt es unzählige andere, die es versuchen werden. Das Volk wird die neue Führung einfach so hinnehmen, denn wir sind zu wenige, um es von der Wahrheit zu überzeugen: Dass die an der Spitze sich das Recht zu regieren einfach nehmen und es ihnen nicht von den Göttern und Ahnen gegeben wurde, wie sie behaupten werden. Deshalb sind momentan unsere wichtigsten Aufgaben das Rekrutieren und Infiltrieren. Wir müssen unsere Ränge stärken und insbesondere Bedienstete in den Palästen der Adligen für unsere Sache gewinnen, damit sie dort als unsere Spione agieren können. Des Weiteren brauchen wir die Unterstützung von einflussreichen Sidhe. Ein wichtiger Schritt in diese Richtung ist getan. Meine Mission ist von Erfolg gekrönt und ich komme mit guten Nachrichten aus Tara zurück. Es ist mir gelungen, einige Mitglieder des Ältestenrates davon zu überzeugen, die Anti-Royalisten zu unterstützen.«

Wieder grölten und klatschten alle vor Begeisterung.

»Was ist mit Alice?«, rief jemand in den Raum.

»Alice hat sich entschieden, die Anderswelt vorerst zu verlassen. Wie ich schon mal erklärt habe, sind ihre Prioritäten aktuell in der Menschenwelt. Aber«, unterbrach er das laute Getöse, das nun wieder entstand, »ich bin absolut zuversichtlich, dass sie zurückkehren wird, um ihre Rolle hier bei uns einzunehmen. Und genau darum geht es. Wenn sie soweit ist, dann müssen wir bereit sein. Wir müssen alle Spieler in Position haben, wenn sie wiederkommt, um unsere Armee anzuführen. Und auch wenn sich das nicht so aufregend anhört, wie sofort den Palast der Königin zu stürmen, machen wir das ein Sidhe nach dem anderen. Ob diese hohe Ämter bekleiden oder den Adligen zu Diensten sind, jeder Einzelne, den wir für unsere Sache mobilisieren können, zählt! Denn jeder von uns, egal welche Position er momentan in unserer Gesellschaft einnimmt, wird eine entscheidende Rolle spielen, wenn es zum großen Kampf kommt!«

Die Männer und Frauen im Speisesaal stimmten ihm enthusiastisch zu.

»Nicht mehr lange, und wir werden uns vom Joch der Herrschaft der Adligen befreien!«, rief Fionn. Die Anti-Royalisten klatschten und stampften Beifall. »Auf die Selbstbestimmung!« Alle stießen begeistert so heftig mit ihren Krügen an, dass das Bier überschwappte. Fionn redete sich in Rage und die Menge liebte ihn dafür. »Auf den Untergang des Terrorregimes! Mögen Morrigan und das ganze Adelsgelumpe …«

Colleen konnte nicht mehr zuhören. Zu stark waren der Hunger und der Durst, den alle ausstrahlten. Es war zu schrecklich, denn sie konnte es so deutlich spüren, als wären es ihre eigenen Empfindungen. Es war pure Kampfeslust, welche die aufgestachelten Anti-Royalisten erfüllte, der reine Blutdurst. Sie gierten nach Morrigans Blut, nach dem Blut des Adels. Solche Gefühle waren ihr selber ganz fremd. Es gefiel ihr ganz und gar nicht, was sich da wie eine Dunkelheit in ihr ausbreitete. Mehr noch, es machte ihr Angst. Sie wollte so etwas nicht fühlen.

Colleen gelang es, mit Tio Blickkontakt aufzunehmen und deutete mit dem Kopf in Richtung Tür. Flehend sah sie ihn an. Sie musste hier raus. Tio verstand. Er nahm ihre Hand, zog sie von der Bank und brachte sie nach draußen. Als die schwere Holztür hinter ihnen zufiel und die Geräusche im Speisesaal dämpfte, konnte Colleen wieder befreit aufatmen.

***

»Alles klar? Geht es dir nicht gut?«, fragte Tio und schaute sie mit seinen braunen Knopfaugen besorgt an.

Colleen lehnte sich gegen die Wand. Die Steinmauer fühlte sich kalt an ihrem Rücken an, aber trotzdem war sie froh um die Stütze. »Das war einfach zu viel für mich, da drin«, seufzte sie. »Mit den ganzen lauten Männern.«

»Ich weiß, das ist neu für dich«, meinte Tio ernst. »Du hast fast dein ganzes Leben unter … ja, man könnte sagen, behüteten Umständen im Palast verbracht, wo es ruhig und geordnet zuging. Du warst in Gesellschaft von anderen Dienerinnen, bei deiner Patin in der Küche – unter Frauen eben. Aber du wirst dich ganz bestimmt an die lauten, ungehobelten Männer gewöhnen. Und die Frauen unter ihnen sind auch Kriegerinnen und versuchen, mit den Männern mitzuhalten. Doch vielleicht solltest du dir Mühe geben, sie besser kennenzulernen. Es würde dir guttun, ein paar Freundschaften zu schließen.« Er strich ihr eine Haarsträhne aus dem Gesicht.

»Es ist nicht nur, dass sie nach außen hin laut sind. Nach innen hin auch. Ich nehme doch alle ihre Bedürfnisse wahr. Und manchmal halte ich das von so vielen von ihnen nicht aus«, versuchte Colleen verzweifelt zu erklären. »Und ich glaube kaum, dass die anderen darauf Wert legen, mich näher kennenzulernen. Seit ich Fionn alles über Morrigans Palast berichtet habe, habe ich hier nichts zu tun. Ich bin nur eine kleine Dienerin. Ich passe nicht zu diesen Kriegern und Kriegerinnen. Und seit Alice weg ist …« Sie zuckte mit den Schultern und brach ab. Eine Träne lief ihr über das blasse Gesicht.

Tio schaute sie einen langen Moment an. Dann breitete sich ein Lächeln auf seinem Gesicht aus. »Ich habe eine Idee. Gestern habe ich doch eine entlaufene Menschensklavin abgeholt und ins Flüchtlingslager am Berghang gebracht. Es ist ein junges Mädchen, höchstens siebzehn, kaum älter als du. Ihr Name ist Rosie. Sie war sehr verängstigt und schien sich auch nicht zu beruhigen, nachdem Higgins sie einquartiert hatte. Im Moment sind im Lager nur drei ältere Frauen und zwei Männer. Ich wette, das Mädchen würde sich sehr über deine Gesellschaft freuen. Vielleicht schaffst du es, sie etwas aus dem Schneckenhaus zu locken, damit sie sich hier ein bisschen sicherer fühlt. Geh doch einfach morgen früh mal zu Higgins und sprich mit ihm. Was meinst du?«

»Hmm. Ich weiß nicht.« Higgins, ein potthässlicher Mann Mitte fünfzig, der sich um die ehemaligen Menschensklaven kümmerte, die im Flüchtlingslager eintrafen, machte immer einen griesgrämigen Eindruck. Ganz klar verrichtete er hier wunderbare Arbeit – er war selber ein entlaufener Sklave und hätte schon längst in die Menschenwelt zurückkehren können. Stattdessen opferte er sich hier für andere auf. Aber trotzdem war er ihr nicht sonderlich sympathisch. Sie würde sich sicherlich nicht trauen, einfach zu den Hütten zu gehen und mit ihm zu reden. »Nur, wenn du mitkommst. Du kannst ja erstmal mit ihm reden.«

Tio verzog das Gesicht. »Ich habe dir noch nicht gesagt, dass ich einen Fahrauftrag bekommen habe. Ich muss morgen ganz früh raus.«

»Dann gehen wir, wenn du wieder da bist.«

»Tja, das ist eben die Sache.« Tio nahm ihre Hand. »Diesmal werde ich etwas länger weg sein. Ich muss ganz bis in den Süden runter fahren. Und auf einem Umweg zurück. Ich bin frühestens in zwei Tagen wieder hier.«

Colleen riss entsetzt die Augen auf. »Was? Dann … lass mich mitkommen, Tio, bitte!«

Tio schüttelte den Kopf. »Das geht nicht, es ist zu gefährlich für dich. Außerdem brauche ich auf der Rückfahrt den Platz im Wagen für Passagiere.«

Colleens große bernsteinfarbene Augen füllten sich mit Tränen. »Du kannst mich doch nicht zwei Tage lang hier allein lassen.«

Tio legte eine Hand an ihre Wange. »Das ist nun mal meine Aufgabe, deshalb bin ich hier. Das verstehst du doch? Ich würde alles für dich tun und es bricht mir das Herz, dich so leiden zu sehen, aber erstens weiß ich, dass du hier sicher und beschützt bist und zweitens glaube ich, dass es dir guttun wird, ein paar Tage ohne mich klarzukommen. Es ist ja nicht so, als ob die anderen völlig Fremde wären. Wir sind schon zwei, drei Wochen hier. Ich habe vollstes Vertrauen in dich. Glaub mir, wenn ich wieder zurück bin, wird dir rückblickend alles halb so schlimm vorkommen.«

Colleen schüttelte wild den Kopf und löste sich von ihm. »Nein«, schluchzte sie nun leise. »Bitte lass mich nicht allein. Das ertrage ich nicht.«

Tio seufzte tief. Hilflos ließ er seine schlaksigen Arme herunterbaumeln. »Es muss so sein, Colleen. Vertrau mir, ich liebe dich doch.«

Er kam auf sie zu, um sie zu umarmen, doch Colleen stieß ihn weg und lief weinend auf ihr Zimmer. Dort warf sie sich aufs Bett und vergrub den Kopf im Kissen, das ihre Schluchzer dämpfte. Sie hatte ein beschauliches, vertrautes Leben als Dienerin im Palast der Königin aufgegeben. Was machte es schon, wenn andere ihr sagten, was sie zu tun hatte? Wenigstens hatte sie sich dort wohlgefühlt. Freiheit und Selbstbestimmung hatten sich anfangs so toll angehört. Aber keine Aufgabe zu haben, hieß nämlich genau das: Man spielte keine Rolle und war völlig nutzlos. Und jetzt hatten sie auch noch alle verlassen. Wieso war sie bloß hierher gekommen?

kapitel zwei

»Colleen. Psst, Colleen.«

Das Feenmädchen blinzelte verschlafen. Durch die langen Wimpern blickte sie in Tios freundliches Gesicht, das direkt vor ihr war. Seine braunen Augen schauten sie liebevoll, wenn auch leicht besorgt, an. Auf dem Nachttisch neben ihr brannte eine Kerze; draußen musste es noch dunkel sein. »Hmm?«, murmelte sie.

»Du hast schon geschlafen, als ich gestern ins Bett kam. Ich möchte nicht, dass wir im Streit auseinandergehen. Es tut mir so leid.«

»Ich möchte auch nicht, dass wir uns streiten.« Colleen setzte sich halb im Bett auf und legte einen Arm um seinen Hals. »Ich hab dich so lieb«, flüsterte sie ihm ins Ohr. Tio legte seine Stirn an ihre. »Ich dich auch.«

Für einen Augenblick verharrten sie so. Dann sagte Colleen: »Na los. Du musst gehen. Ich freue mich einfach darauf, dass du wieder zurückkommst.«

Tio stand auf. »Ich bin zurück, bevor du dich versiehst. Wahrscheinlich wirst du mich gar nicht vermissen«, grinste er. Bevor sie etwas entgegnen konnte, war er aus der Tür. Traurig und frustriert warf sie ihm ihr Kissen nach und ließ sich dann wieder aufs Bett fallen. Tio hatte recht. Er musste gehen. Es war seine Aufgabe. Und sie konnte sich nicht immer an ihn klammern, sondern musste lernen, auch ohne ihn zurechtzukommen. Sie durfte sich nicht so anstellen. Doch jetzt, wo er weg war und es niemand sah, zog sie nichtsdestotrotz eine Schnute. Nur weil sie es einsah, musste es ihr noch lange nicht gefallen. Colleen machte die Augen zu. Am besten, sie schlief noch ein bisschen. Vielleicht konnte sie ja zwei Tage lang durchschlafen, dann ging die Zeit auf jeden Fall schneller herum, bis er wieder zurück war.

Als sie aufwachte, war die Kerze heruntergebrannt und ein Streifen Sonnenlicht kam durch das schmale Fenster in der dicken Mauer aus grauem Stein. Es musste schon gegen Mittag sein. Sie hatte genug geschlafen und ihr Magen meldete laut Hunger an. Kein Wunder, gestern Abend hatte sie nur ein paar Kartoffeln gegessen. Normalerweise ging sie immer zusammen mit Tio zu den Mahlzeiten. Jetzt blieb ihr nichts anderes übrig, als sich allein in den Speisesaal zu trauen, in der Hoffnung, dass dort noch Obst vom Frühstück auf dem Tisch stand. Sonst musste sie jemanden fragen, wo die Küche war.

Bevor sie der Mut wieder verließ, ging sie schnell zu der Waschschüssel aus Porzellan und spritzte sich etwas Wasser ins Gesicht. Dann schlüpfte sie aus dem Nachthemd, streifte ein Kleid über und zog die Strumpfhose darunter an. Schließlich schnappte sie sich noch ihre warme Stola aus Wolle. Es sah draußen sonnig aus und die dicken Mauern des Forts hielten die Wärme der Keramiköfen gut, mit denen die Zimmer geheizt wurden. Aber es war schon Mitte Dezember und in den Korridoren und draußen würde es kalt sein.

Colleen öffnete die Tür einen Spalt und steckte den Kopf hindurch. Keiner zu sehen. Schnell huschte sie durch die Flure und betrat vorsichtig den Speisesaal. Eine Frau in einem einfachen grauen Kleid räumte gerade die letzten Schalen vom Tisch ab, die noch dort standen.

»Entschuldigung«, traute sich Colleen zu sagen. »Könnte ich vielleicht noch etwas davon …?« Die Frau nickte und hielt ihr die Schüssel mit Obst hin. Colleen nahm sich zwei Äpfel und steckte sie in die Taschen ihres Kleides. Mutig trat sich noch einen Schritt nach vorne und nahm sich ein Stück Walnussbrot, das die Frau schon auf das große Tablett getan hatte. Hungrig biss sie hinein und kaute schnell. Unsicher blieb sie dort stehen, wo sie war, und schaute der Frau dabei zu, wie sie das Geschirr auf ihrem Tablett zusammenstellte. In der ganzen Zeit, in der sie schon hier war, hatte sie nie darüber nachgedacht, wer die Hausarbeiten im Fort verrichtete. Es schien immer alles wie von Zauberhand zu geschehen. Wenn sie in den Speisesaal kam, stand Essen auf dem Tisch. Wenn sie von den Mahlzeiten zurück war, war der Ofen in ihrem Zimmer geheizt, der Boden gefegt und der Wasserkrug aufgefüllt worden. Sie hatte sich mit Tio an die Routine hier im Fort gehalten und nicht hinterfragt, wie sich die Anti-Royalisten genau organisieren und was alles im Hintergrund passierte. Gedanklich war sie viel zu sehr mit Alice, mit Tio und Fionns Reden beschäftigt gewesen. Aber die ganzen hungrigen Mäuler füttern musste ja schließlich auch jemand. Vielleicht hatte man schon längst von ihr erwartet, sich dafür freiwillig zu melden? Sie wurde rot, als sie daran dachte, dass sie sich einfach immer mit den Männern an den Tisch gesetzt hatte. Hatte sie sich damit etwa lächerlich gemacht? Aber das hätte Tio ihr doch bestimmt gesagt. Sein Bruder kannte sich hier schließlich aus. Und außerdem, die Anti-Royalisten vertraten schließlich die Meinung, dass man ihr die angeblich vorbestimmte Rolle in der Gesellschaft nur aufgedrückt hatte. Sie musste hier keine Dienerin sein. Aber andererseits … es war zumindest etwas, das sie konnte. Sie räusperte sich und sagte mit piepsiger Stimme: »Kann ich vielleicht helfen?«

Die Frau schüttelte nur den Kopf, nahm das Tablett in die Hand und verschwand. Ratlos stand Colleen mit dem Stück Brot in der Hand da. Sie nahm sich vor, Fionn darauf anzusprechen, ob sie vielleicht in der Küche helfen könnte. Wenn es eine Gelegenheit dazu gab. Und sie sich traute. Eventuell, wenn Tio wieder da war.

Colleen ging durch den Korridor und zurück in ihr Zimmer. Dort aß sie die beiden Äpfel und machte danach das Bett. Als sie gefühlt drei Mal Tios und ihre wenigen Besitztümer im Zimmer hin- und hergeräumt hatte, wusste sie, dass sie hier herausmusste.

Normalerweise ging sie immer spazieren, wenn Tio unterwegs war. Ein langer Spaziergang würde ihr auch jetzt guttun und vielleicht ging so die Zeit schneller herum.

Sie nickte den Wachen am Eingang des Forts zu und ging nach draußen. Es war tatsächlich kalt, aber durch die Wintersonne sehr angenehm. Langsam schlenderte sie den grünen Berg hinunter in Richtung Tal. Dabei kam sie am Flüchtlingslager vorbei. Wenn man nicht wüsste, dass die Hütten dort waren, würde man sie beim Bergablaufen glatt übersehen. Sie schmiegten sich an den Berghang und die Dächer waren mit Gras überwuchert, sodass sie von oben wie bewachsene Felsvorsprünge aussahen.

Feen könnten auf diesen wegen ihrer Eisenerzvorkommen sogenannten Eisenbergen hier in der Gegend gar nicht leben. Denn das Volk der Sidhe reagierte allergisch auf Eisen. Würden sie sich hier niederlassen, liefen sie langfristig Gefahr, durch den Boden und das Wasser vergiftet zu werden. Deshalb war die Region hier im Norden der grünen Insel nicht bewohnt. Ein ideales Versteck für die Anti-Royalisten, die das Rezept eines Trunks kannten, welcher dem Gift entgegenwirkte. Zusätzlich schützten sie sich, indem sie oben im steinernen Fort lebten. Für die Menschenflüchtlinge war es freilich kein Problem, in diesen einfachen Hütten praktisch im Berg zu leben.

Schon von Weitem entdeckte Colleen Higgins, der in einem großen Bottich rührte. Als sie näher kam, sah sie daneben einen Haufen eingelaugter Kleider. Etwas weiter weg hängten zwei ältere Frauen die Wäsche auf einer Leine auf, die zwischen zwei Hütten gespannt war.

Colleen überlegte, ob sie einen Bogen um die Menschen machen sollte. Doch dann fiel ihr wieder ein, was Tio gestern erzählt hatte. Sie hatte wirklich nichts zu tun und ihr war jetzt schon langweilig. Zumindest konnte sie ihre Hilfe anbieten. Vielleicht würde Higgins ihre Hilfe ja auch ablehnen, wie die Frau im Fort.

Zögerlich kam sie näher. Der kleine Mann mit den O-Beinen schaute nicht auf, sondern rührte weiter die Kleidung im Waschzuber.

»Hallo«, sagte Colleen und schaute zu Boden, als sie merkte, dass sie rot wurde.

Higgins brummte etwas Unverständliches.

»Ich bin Colleen, die Freundin von Tio.« Higgins antwortete nicht, sah sie aber zumindest jetzt an. Schnell sprach sie weiter: »Tio hat mir erzählt, dass er gestern ein junges Menschenmädchen hergebracht hat … Rosie? Er meinte, sie fühlt sich noch nicht so wohl hier, und schlug vor, dass ich vielleicht mal mit ihr rede, weil wir doch im selben Alter sind und so?«

Sie wusste nicht, was sie sonst noch sagen sollte und brach ab. Higgins musterte sie. Ihre Wangen brannten. Jetzt wünschte sie sich, sie wäre einfach weitergegangen. Schließlich antwortete der Mann mit der großen Knollennase: »Wir können es mal probieren. Obwohl ich nicht weiß, wie sie auf eine Sidhe reagiert.« Er betrachtete sie mit zusammengekniffenen Augen. »Warst du schon mal in der Menschenwelt?« Sie schüttelte verlegen den Kopf. »Dann sprichst du kein Englisch, was?« Er wartete ihre Antwort gar nicht ab, sondern seufzte nur tief. »Dann weißt ich gar nicht, ob ihr euch verständigen könnt.«

Colleen wollte schon sagen, dass er es gut sein lassen sollte, als er den langen Holzstab losließ und eine der älteren Frauen herüberwinkte. »Bring sie bitte zu Rosie.« Jetzt war es zu spät, einen Rückzieher zu machen.

Mit mulmigem Gefühl folgte Colleen der grauhaarigen Frau, die keine Zähne mehr im Mund hatte, in eine der Hütten. Ihre Augen mussten sich erst einmal an die Dunkelheit gewöhnen. Die Frau zündete eine Laterne an und stellte sie auf den kleinen Holztisch. Jetzt konnte Colleen das Innere der Hütte erkennen. An einer Wand standen ein Holzofenherd, der Tisch und zwei Stühle. Dann gab es noch einen Waschtisch und eine kleine Kommode sowie zwei schmale Betten. Ein einziges kleines Fenster war mit dicken, dunklen Vorhängen verhängt. In der Mitte der Hütte war kaum Platz für den kleinen bunten Flickenteppich – der einzige Farbtupfer im Raum.

»Rosie!«, rief die alte Frau. Etwas regte sich in einem der Betten. Jetzt erst entdeckte Colleen die schmale Figur, die dort in eine Wolldecke eingewickelt lag. Die Frau sagte etwas auf Englisch, das Colleen nicht verstand. Alice hatte ihr ein paar Wörter der Sprache beigebracht, aber sonst war sie ihr fremd.

Das Mädchen im Bett setzte sich auf und starrte Colleen an. Sie hatte glatte schwarze Haare und leicht schräggestellte grüne Augen, die sie an eine Katze erinnerten. Jetzt waren die Augen weit aufgerissen und das Mädchen stieß einen spitzen Schrei aus. Sie drückte sich ängstlich gegen die Wand, hielt abwehrend die Hände nach vorne und wiederholte immer wieder dieselben Worte.

Die ältere Frau versuchte sie zu beruhigen. Schließlich ließ Rosie die Hände sinken und schwieg. Doch sie zitterte immer noch am ganzen Körper.

»Sie hat Angst vor dir«, sagte die Frau zu Colleen. »Sie merkt, dass du eine von ihnen bist. Ich habe ihr gesagt, dass du zu denen gehörst, die uns helfen und dass du nur ein Mädchen bist, genau wie sie auch.«

»Spricht sie denn nur Englisch?«, fragte Colleen. Die Frau zuckte mit den Schultern. »Keine Ahnung. Bislang hat sie überhaupt noch nicht viel gesagt.«

Die Frau ging wieder und Colleen zog einen Stuhl an das Bett heran. Dabei ließ sie Rosie nicht aus den Augen, um sicherzugehen, dass sie das Mädchen nicht verängstigte. Sie ließ genug Abstand vom Bett, sodass Rosie sich hoffentlich nicht in die Ecke gedrängt fühlte, und setzte sich hin. »Ich bin Colleen. Kannst du mich verstehen?« Das Menschmädchen nickte zögerlich. »Du bist Rosie, nicht wahr? Mein Freund Tio hat mir von dir erzählt. Der dich gestern abgeholt hat? Groß, dünn, braune Haare, braune Augen? Der Fahrer?«

Rosie nickte langsam.

»Wir sind noch nicht lange hier, ein paar Wochen, und ich bin ehrlich gesagt dort oben im Fort ein wenig einsam. Es gibt keine jungen Mädchen dort. Und meine Freundin Alice, mit der ich hier hergekommen bin – sie ist ein Mensch wie du, und ich habe ihr bei der Flucht geholfen – ist wieder in der Menschenwelt. Tio hat gemeint, wir könnten uns vielleicht anfreunden.«

Rosie schwieg. Colleen drängte sie nicht. Entweder würde sich das Menschenmädchen entscheiden, ihr zu vertrauen, oder nicht. Sie konnte nur abwarten. Colleen horchte in sie hinein. Was sie dort an Bedürfnissen vorfand, überraschte sie nicht. Rosie brauchte Geborgenheit und Sicherheit, das Gefühl von Zuhause. Jeder, der in einer ungewohnten Umgebung war, unter Fremden, würde sich wohl so fühlen. Dahinter lag noch etwas anderes, an das Colleen nicht ganz herankam. Es war so etwas wie das Bedürfnis nach Bestätigung. Durch was oder wen? Bevor Colleen sich weiter damit beschäftigen konnte, sagte Rosie in gebrochenem Irisch:

»Alice? Sie Sklavin? Und du hast … ihr geholfen?«

»So etwas in der Art. Sie wurde von der Königin der Sidhe entführt und festgehalten. Ich habe im Palast der Königin gearbeitet und wir wurden Freundinnen. Wir sind zusammen geflüchtet.«

Das Mädchen überlegte wohl. Wieder saßen sie ein paar Minuten lang einfach schweigend da.

»Und jetzt Alice wieder zu Hause? Ich auch? Darf ich Hause?« Eine Träne lief ihr über das Gesicht.

Colleen zog sich das Herz zusammen. Sie nickte. »Bald. Wenn du soweit bist.« Als Rosie nichts entgegnete, fragte Colleen zögerlich: »Wie lange bist du denn schon hier? In der Anderswelt, meine ich.«

Rosie zuckte mit den Schultern. »Ich weiß nicht. Ein Jahr? Zwei Jahre? Winter«, fügte sie schließlich nach einer Pause hinzu.

»Es war Winter, als du in die Anderswelt entführt worden bist?«, hakte Colleen nach. Als Rosie nicht antwortete, frage sie etwas anderes: »Wo warst du denn, als du geflüchtet bist? Wo warst du Sklavin?«

Rosie zuckte mit den Schultern. »In einem großen Haus … bei einer bösen Dame.«

»Und da warst du die ganze Zeit, seit du in die Welt der Sidhe gekommen bist?«

Das Mädchen nickte. »Erst in dunklen … Keller. Da war ich lange. Allein. Dann man hat mich rausgelassen, im Hof mit Schlauch … geduscht. Dann helfen in der Küche, bis Abend, dann wieder in Keller. Von dann an so jeden Tag.«

Colleen dachte nach. In Morrigans Palast halfen Menschensklaven nicht in der Küche. Sie waren ausschließlich für das Heizen und für die Wäsche zuständig. Die Waschräume waren im Keller und von dort aus wurde auch der Palast geheizt. Es gab irgendwelche komplizierten Rohrsysteme, die durch die Innenwände des Palastes gingen und die Wärme verteilten. Die Wände waren aus einem speziellen Material, das es in der Menschenwelt nicht gab, hatte ihr Alice erklärt. Natürlich hatte sich Colleen noch nie vorher darüber Gedanken gemacht, wie das funktionierte, es war für sie einfach … normal. Aber wie immer es auch passierte, die Wände konnten die Wärme speichern und abgeben. Und dafür sorgten die Sklaven. Da sich die Menschensklaven also nur im unterirdischen Teil des Palastes aufhielten, war Colleen kaum mit ihnen in Kontakt gekommen. Aber sie wusste sehr wohl von Erzählungen, dass es in anderen Häusern von Adligen auch anders zuging und dort Menschensklaven manchmal gewöhnliche Arbeiten verrichteten, die sonst Dienstboten machten.

»Waren da noch mehr Sklaven aus der Menschenwelt?«, fragte sie Rosie nun. »In der Küche?«

»Eine alte Frau. Sie hat mir erzählt vom Weglaufen. Hat mir jeden Tag, wenn wir allein, immer gesagt, welchen Weg ich gehen.«

»Sie hat dir den Weg beschrieben, bis zu der Kontaktperson, wo du abgeholt wurdest? Woher wusste sie das? Und wieso ist sie denn nicht mitgekommen?« Rosie starrte sie nur verständnislos an. »Warum ist die alte Frau nicht auch weggelaufen?«, wiederholte Colleen langsam.

»Sie sagt, zu alt. Zu spät.«

Colleen schwieg. Sie wusste natürlich nicht, was das Mädchen alles mitgemacht hatte und wie es behandelt worden war, aber ihren Erzählungen nach schien es Rosie für eine Menschensklavin noch relativ gut gegangen zu sein. Vorher hatte sie sich keine Gedanken über Menschensklaven gemacht, aber seit sie hier war, hatte sie schon sehr schlimme Sachen gehört. Rosie musste in der Küche dann ja mit anderen Sidhe zusammengearbeitet haben, mit mindestens einer Köchin, Küchenhilfen und Dienerinnen wie ihr. Sie verstand deshalb nicht ganz, warum Rosie so viel Angst vor ihr gehabt hatte. »Hat man dir wehgetan?«, fragte sie jetzt, um der Sache auf den Grund zu gehen. »Hat man dich … geschlagen?«

Das Mädchen brach in Tränen aus. »Ja«, nickte sie. »Böse Dame. Nessa.«

Colleen war überrascht. Für so etwas waren sich Adlige meist zu schade und sie überließen Züchtigungen anderen. Aber vielleicht war diese Nessa eine besonders bösartige Adlige, wie Rosie mehrmals gesagt hatte. Das Mädchen schluchzte und zitterte jetzt richtig. Colleen tat es fast leid, dass sie gefragt hatte. Andererseits hoffte sie, dass es dem Menschenmädchen besser gehen würde, nachdem es darüber geredet und geweint hatte. Vorsichtig, um sicherzugehen, dass sie das Mädchen nicht erschreckte, setzte sich Colleen neben Rosie aufs Bett und legte behutsam den Arm um sie, um sie zu trösten.

Rosie schien ihre Angst vor ihr abgelegt zu haben und zuckte nicht zusammen oder stieß sie weg. Obwohl sie sich darüber freute, dass das Mädchen anscheinend so schnell Vertrauen zu ihr gefasst hatte, überraschte sie es etwas. Besser hörte sie noch einmal richtig in sie hinein, nicht, dass sie ihr Verhalten falsch deutete und Rosie damit verschreckte. Colleen konzentrierte sich, um wahrzunehmen, was in dem Menschenmädchen vor sich ging. Und Rosies Bedürfnisse, oder besser gesagt, ihr Mangel an Bedürfnissen, verwirrte sie.

Colleen war so damit beschäftigt, sich darüber zu wundern, warum das Mädchen sich trösten ließ, aber keinen Trost brauchte – lag sie heute mit ihrer Intuition so daneben? – dass ihr erst später, nachdem sie sich von Rosie verabschiedet und die Hütte verlassen hatte, etwas einfiel.

Das Mädchen hatte nur ein Unterhemd angehabt und die nackte Haut, die Colleen im Schein der Laterne deutlich gesehen hatte, war makellos gewesen. Dieser Gedanke ging ihr im Kopf herum, als sie den Berg in Richtung Tal hinunterging. Hätte nicht jemand, der geschlagen worden war, Narben, Striemen oder zumindest den einen oder anderen blauen Fleck haben müssen?

kapitel drei

Nachdem sie sich von Rosie verabschiedet hatte, war Colleen immer noch nicht danach, wieder zum Fort zurückzukehren. Stattdessen wanderte sie wie zuvor geplant ins Tal, wo sie ihre Spaziergänge meist hinführten. Auch im Dezember war es hier dank der vielen Farne und moosbewachsenen Felsen grün. Am liebsten ging sie zu einem kleinen Teich, etwas abseits von den vielen rauschenden Bächlein und stürzenden Wasserfällen, welche die Landschaft hier so beeindruckend machten. Dort hatte sie ihre Ruhe und es störte sie niemand. Am Ufer des Teichs, direkt vor einer alten Erle, gab es einen großen Stein, auf den sie sich für gewöhnlich setzte. Den Rücken an den Stamm der Erle gelehnt, konnte sie hier die Minuten, manchmal sogar Stunden vorbeiziehen lassen.

Auch jetzt setzte sie sich dorthin, spürte die vertraute rissige Borke des Stamms in ihrem Rücken, schloss die Augen und lauschte den winterlichen Waldgeräuschen: Das leise Rauschen der Wasserfälle und das Gurgeln des Flusses in der Ferne, ab und zu unterbrochen vom Zwitschern eines Vogels. Sie nahm die Stille in sich auf und schöpfte daraus Kraft. So konnte sie nach innen schauen, dort, wo sie ihr Bauchgefühl, ihre Intuition, ihre Begabung vermutete, was immer es war, das es ihr erlaubte, die Bedürfnisse und Wünsche anderer zu erahnen. Seit der Schule, als sie zur Dienerin ausgebildet wurde, hatte sie sich nicht mehr mit ihrer Begabung auseinandergesetzt. Schließlich hatte sie in Morrigans Palast immer viel zu tun gehabt und war selten allein gewesen. Sie hatte ihre Begabung so genutzt, wie man es ihr beigebracht hatte.

Paradoxerweise besann sie sich jetzt, da sie keine Dienerin mehr war, immer mehr auf ihr Talent. Denn es war das Einzige von ihrem früheren Leben, das ihr geblieben war. Ohne das hätte sie Angst, völlig den Halt zu verlieren. Aber von dieser Sorge hatte sie noch nicht einmal Tio erzählt. Colleen befürchtete, niemand würde sie verstehen und für undankbar halten. Sie war doch jetzt frei und diese Freiheit sollte etwas Gutes sein. Dank Alice und Fionn hatte sie zum ersten Mal in ihrem Leben ihre Berufung infrage gestellt. Nie zuvor war ihr in den Sinn gekommen, dass andere kein Recht hätten, ihr zu sagen, dass es ihr bestimmt war, eine Dienerin zu sein. Nie im Leben hätte sie sich vorher vorstellen können, dass sie sein konnte, wer sie wollte. Sie bewunderte und verehrte Fionn und seine radikalen Ansichten. Er hatte ihr die Augen geöffnet und sie glaubte fest daran, dass das Volk der Sidhe von der Unterdrückung der Königin befreit werden musste. Aber – wenn sie keine Dienerin war, wer war sie dann? Ihre Begabung war etwas Greifbares, an dem sie festhalten wollte, da es das Einzige war, das sie noch zu Colleen machte. Sie konnte, ja, wollte ihre Identität als Cailín noch nicht loslassen. Auch wenn seitdem nicht mehr die Sprache drauf gekommen war: Als sie beschlossen hatte, Alice zur Flucht zu verhelfen, hatte sie sich in Alices Dienst gestellt. Der zauberkundige Druide Mog Ruith hatte Alice prophezeit, dass sie als rote Königin die Rebellion gegen Morrigan anführen würde. Colleen wusste nicht, wie ernst Alice ihren Treueschwur, nicht mehr Morrigan, sondern ihr zu dienen, genommen hatte. Als Mensch verstand sie das Konzept nicht. Sie war wahrscheinlich einfach nur froh gewesen, dass Colleen ihr helfen wollte. Jetzt, hier, unter den Rebellen, fühlte sie sich fast so, als ob sie sich dafür schämen müsste, immer noch Alices Dienerin sein zu wollen. Sie sollte doch wohl nach mehr streben, als eine kleine Dienerin zu sein.

Ein Rascheln schreckte Colleen aus ihren kreisenden Gedanken. Erschrocken riss sie die Augen auf. Auf der gegenüberliegenden

Seite des kleinen Teiches stand ein alter Mann und beobachtete sie. Panisch stand sie auf und sprang hinter den schmalen Stamm der Erle.

Wie kindisch, schalt sie sich. *Das ist wohl kaum ein Versteck. Nur weil du ihn nicht sehen kannst, heißt das nicht, dass er nicht da ist.* Sie zählte innerlich bis fünf, holte tief Luft und lugte hinter dem Baumstamm hervor. Der Mann stand immer noch am selben Fleck. Er hatte lange weiße Haare, einen genauso schlohweißen Vollbart, trug einen braunen Umhang und stützte sich auf einen Stock.

»Fürchte dich nicht, mein Kind«, sagte er mit leiser Stimme, die trotzdem deutlich bis zu ihr drang. »Du weißt doch, wer ich bin, nicht wahr?«

Colleen nickte. Wieder schalt sie sich für ihre Dummheit. Er konnte sie nicht nicken sehen. Er war blind.

»Mog Ruith«, sagte sie.

Zögerlich kam sie hinter dem Baum hervor. Der Druide ging langsam um den Teich herum. Der Drang, einfach wegzulaufen, war stark, aber der alte Mann war viel zu faszinierend, also wartete Colleen mit klopfendem Herzen.

Sie hatte ihn schon einmal gesehen, als er zu Morrigans Palast gekommen war, um für die Königin zu orakeln, wie sich Alices Wille brechen ließ. Alice hatte etwas, das Morrigan unbedingt wollte – niemand wusste, warum es ihr so wichtig war, aber sie setzte alles daran, es zu bekommen. Bislang war sie erfolglos geblieben. Mog Ruith hatte nämlich festgestellt, dass Morrigan Alice zu nichts zwingen konnte. Alice musste Morrigan *freiwillig* geben, was die Königin so sehr begehrte. Als der Druide mit Alice allein gewesen war, hatte er ihr von ihrer wahren Bestimmung erzählt – das Menschenmädchen würde Morrigan stürzen und den Freiheitskampf der Sidhe anführen. Erst als Colleen und Alice hier, im Lager der Anti-Royalisten, angekommen waren, hatten sie erfahren, dass Mog Ruith in Wahrheit auf der Seite der Gegner der Königin stand. Er hatte Fionn, der von Berufung Bauer gewesen war, darüber aufgeklärt, wie es wirklich in der Anderswelt zuging und dass die Sidhe, die dazu erzogen waren, sich ihrem angeblichen Schicksal zu fügen, in Wirklichkeit unterdrückt wurden. Niemand wusste, wieso der Druide, der sich vor vielen Jahren ganz in die Anderswelt zurückgezogen hatte, nachdem er herb von den Menschen enttäuscht worden war und seitdem abgeschieden auf einer Insel lebte, auf einmal solch ein politisches Interesse entwickelt hatte.

Schon in Morrigans Palast hatte Colleen es beeindruckend gefunden, wie der angeblich blinde Druide sein Luftgefährt, das Roth Ramach, gesteuert hatte. Auch jetzt war ihm seine Blindheit nicht anzumerken. Er umrundete den Teich langsam, aber sicher und stolperte nicht einmal. Allerdings schaute er auch nicht auf den Boden, sondern geradeaus, so als ob er spüren würde, was vor seinen Füßen lag.

Schließlich stand er vor ihr.

»Die kleine Colleen«, sagte er. Es war keine Frage, aber sie traute sich nicht, sich bei ihm zu erkundigen, woher er wusste, wer sie war.

Mog Ruith streckte die Hand aus, berührte aber nicht sie, sondern einen der langen, schmalen Zapfen, die an den Ästen der Erle hingen. Jetzt waren sie rötlich braun, doch in wenigen Monaten würden sich die enganliegenden Schuppen öffnen und die sogenannten Kätzchen grünlich gelb erblühen.

»Das ist dein Baum, Colleen, wusstest du das?«

Sie räusperte sich. »Mein Baum?« Als er nichts erwiderte, fuhr sie fort: »Ich … ich komme gerne hierher, lehne mich an den Baum an und … denke nach.« Sie wusste nicht, wie sie das anders nennen sollte, was sie hier tat.

Der Druide kicherte. Der Laut passte so gar nicht zu ihm, weil er sonst so ernst und erhaben wirkte. »Du tust doch mehr als nachzudenken. In der Menschenwelt nennt man das Meditieren. Wie lange machst du das schon?«

»Ähm … seit ich hier hergekommen bin, eigentlich.«

Mog Ruith nickte. »Fahre damit fort. Es wird sich dir nützlich erweisen. Du hast ein ganz besonderes Talent. Auch wenn es anderen und dir erscheint, als sei es nichts Besonderes oder gar etwas Herabsetzendes.«

Colleen wurde rot. Doch obwohl sie merkte, dass ihr die Hitze in die Wangen stieg, schaute sie diesmal nicht zu Boden oder versuchte, ihr Gesicht hinter den Haaren zu verstecken. Schließlich konnte er ihr hochrotes Gesicht nicht sehen. Unweigerlich musste sie grinsen. Was für eine Erleichterung. Es gefiel ihr, nicht gesehen zu werden und irgendwie fühlte sie sich gleich ein kleines bisschen selbstsicherer.

»Du ziehst die Kraft für deine Meditation aus diesem Baum. Aber wenn ich sage, dass es dein Baum ist, dann rede ich nicht nur von diesem einem. Ich spreche von Erlen im Allgemeinen.«

Colleen wusste nicht, was sie dazu sagen sollte, also schwieg sie.

»Was weißt du über sie – die Erlen?«, fragte der Druide sie und schaute sie mit seinen unheimlichen, milchig-grauen Augen an.

»Erlen bluten«, flüsterte sie nach kurzem Überlegen.

Mog Ruith nickte lächelnd. »Das stimmt, das Holz der Erle sieht von außen so unscheinbar weiß aus. Aber wenn man das frische Holz anschneidet, färbt es sich rot wie Blut. Früher malten sich Krieger mit dem roten Saft die Gesichter an. Und aus dem Holz wurden die Schilder der Krieger gefertigt. Deshalb symbolisiert Fearn, die Erle, im Baumalphabet Ogham auch das Schild des Kriegers.«

Colleen verstand nicht, was das alles mit ihr zu tun haben sollte. Sie sammelte gerade den Mut, den mächtigen Druiden genau das zu fragen, als er seine Hand auf ihre Stirn legte. Das überraschte sie so sehr, dass sie noch nicht einmal zusammenzuckte, sondern einfach weiterhin wie erstarrt dastand. Mog Ruiths Gesicht war jetzt so nahe vor ihr, dass sie die unzähligen kleinen Falten genau erkennen konnte. Der Ärmel seines Mantels, direkt vor ihrer Nase, roch nach Moos. Für ein paar Sekunden rührten sie sich beide nicht. Dann breitete sich ein Lächeln in Mog Ruiths Gesicht aus und er trat einen Schritt zurück.

»Du bist deiner Aufgabe gewachsen, mein Kind. Vertrau einfach auf deine innere Stimme.«

Dann wandte er sich ab und verschwand im Wald.

Verwirrt blickte Colleen ihm nach. Sie wusste nicht, was sie von dem Erlebnis halten sollte. Als sie sich auf den Weg zurück ins Fort machte, kam ihr die Begegnung immer unwirklicher vor. Auf dem Gipfel des Berges angekommen, war sie sich nicht mehr sicher, ob sie das Ganze nur geträumt hatte. Gedankenverloren ging sie in den Speisesaal, wo schon für das Abendessen gedeckt war. Sie setzte sich an den Tisch und wartete, bis sich alle Anti-Royalisten zum Nachtmahl im Saal einfanden. Ihr Kopf war so voll mit den wunderlichen Dingen, die sie heute erlebt hatte, dass sie gar nicht dazu kam, sich verlegen vorzukommen oder sich in Gesellschaft der vielen Männer unwohl zu fühlen. Ohne darüber nachzudenken, griff sie, wie alle anderen auch, hungrig zu.

Erst als sie aufgegessen hatte, kehrte sie gedanklich wieder zu den Männern und Frauen im Raum zurück. Bestärkt von ihrer Meditation und von dem, was Mog Ruith heute zu ihr gesagt hatte, versuchte sie einmal nicht, die starken Bedürfnisse der Krieger auszublenden, aus Angst davon geschockt zu werden. Stattdessen versuchte sie bewusst zu lesen, was in ihnen vor sich ging. Ja, es gab einiges, was sie lieber nicht gewusst hätte. Einige der Männer hatten fleischliche Gelüste, die ihr die Schamesröte ins Gesicht trieben. Aber eigentlich war es gar nicht so schlimm. Es war viel weniger anstrengend, alles, was sie empfangen konnte, sozusagen durch sich hindurchlaufen zu lassen, statt es abzublocken. Und jetzt, wo sie sich genauer damit beschäftigte, machte ihr die Blutlust der Krieger keine Angst mehr. Denn dahinter steckte nicht die pure Lust an der Gewalt. Sie waren gar nicht so viel anders als sie, Colleen. Sie wollten einfach nützlich sein. Sie wollten etwas tun. Sie wollten helfen. Und für sie bedeutete das, dass sie in Aktion traten. Sie waren einfach übermotiviert. Es hatte sich in ihnen etwas angestaut, das heraus musste.

Manchmal war es einfacher für Colleen, die Bedürfnisse und Wünsche anderer in Bildern zu sehen. Und jetzt sah sie vor ihrem inneren Auge ein Pulverfass, das kurz vorm Explodieren stand. Dahinter steckte ein unheimliches Potenzial. Wenn es genutzt werden würde, dann konnte es viel bewirken. Aber wenn man es nicht bald für den richtigen Zweck einsetzen würde, dann musste der Druck irgendwie anders abgelassen werden und die Wirkung würde verpuffen.

Nachdenklich schaute Colleen zu Fionn hinüber, der wie immer am Kopf des Tisches saß. Ob er die Stimmung der Männer auch lesen konnte? Vor diesem Abend hätte sie sich nie getraut, in Fionn hineinzuschauen, aber jetzt tat sie es. Gestern hatte er so sicher und zuversichtlich geklungen wie immer, als er seine Rede geschwungen hatte. Und taktisch gesehen waren Rekrutieren und Infiltrieren die richtige Strategien. Doch jetzt sah sie, dass auch er wusste, was sie gerade in den Männern gelesen hatte. Und sie konnte spüren, was Fionn brauchte.

Er brauchte Alice.

Colleen legte das nicht als Schwäche aus und weil sie in Fionn auch gewöhnliche Bedürfnisse und Wünsche lesen konnte, machte ihn das noch lange nicht zu einem gewöhnlichen Sidhe. Sie hatte immer noch gehörigen Respekt vor ihm. Aber sie hatte das Gefühl, ihn ein kleines bisschen besser zu kennen. Das und die heutigen Erlebnisse ermutigten sie, Fionn anzusprechen, als er an ihr vorbeiging. Es war nichts Ungewöhnliches, dass der eine oder andere im Raum das Gespräch mit dem Anführer suchte, wenn sich die Abendrunde langsam auflöste. Und Fionn nahm sich immer Zeit dafür. Colleen hatte also keine Bedenken, dass er sie brüsk abweisen könnte. Trotz alledem wurde sie ganz rot vor Verlegenheit, als er tatsächlich stehenblieb, nachdem sie zaghaft seinen Namen gerufen hatte. Schnell stand sie auf und kletterte über die Bank.

»Äääähem …«, sagte sie währenddessen. »Ich wollte nur kurz fragen, wenn es dir nichts ausmacht …« Endlich stand sie aufrecht vor ihm und schaute zu ihm auf. Sie blies sich eine Haarsträhne aus dem heißen Gesicht. Fionn wartete mit geduldigem Blick. »Also, heute Vormittag habe ich eine Frau im Speisesaal getroffen, die den Tisch abgeräumt hat. Ich habe gefragt, ob ich helfen kann, aber sie hat nur mit dem Kopf geschüttelt. Und da habe ich gedacht, naja, ich habe hier nicht so viel zu tun, im Moment, und ich kenne mich

mit der Arbeit in der Küche und im Haushalt aus, vielleicht …«
Unschlüssig brach sie ab. Wieder kam ihr der Gedanke, dass ihr
das auch schon vor zwei Wochen hätte einfallen können, und dass
sie sich jetzt eventuell damit lächerlich machte, ihre Hilfe im Haushalt anzubieten.

»Du fragst, ob du für den Hausdienst eingeteilt werden kannst?«
Fionn zog eine Augenbraue hoch.

Colleen nickte schnell. »Ähm, also, heißt das, man wird
eingeteilt?«

Fionn wiegte den Kopf hin und her. »Jeder, der sich uns an-
schließt, entscheidet selber, welchen Beitrag er leisten möchte. Aber
manchmal richtet sich das nach den Fähigkeiten und dann sagen
wir, in welchen Bereichen wir Hilfe gebrauchen können und teilen dann entsprechend ein. Einige der Männer, die du hier siehst,
haben ihre Frauen mitgebracht. Die möchten ihren Männern zur
Seite stehen, aber das Schlachtfeld ist nichts für sie. Sie fühlen sich
wohler, die ihnen vertraute Arbeit in der Küche oder im Haushalt
zu verrichten. Andere Frauen wiederum haben trainiert, um auch
an Kämpfen teilnehmen zu können.«

»Hmm, als Dienerin … ehemalige Dienerin … fühle ich mich
ehrlich gesagt auch mit solchen Aufgaben wohler.« Sie schaute an
ihrem schmalen Körper herunter. »Aufs Schlachtfeld passe ich
wohl nicht so.« Als Fionn sie nur schmunzelnd anschaute, redete
sie nervös weiter: »Ich möchte einfach nützlich sein.«

»Aber das bist du doch«, versicherte ihr Fionn. Sein Gesicht wurde ernst. »Etwas oder jemand sagt mir, dass du auf noch ganz andere Weise zu unserer Sache beitragen kannst als in der Küche. Und
körperliche Stärke ist nicht die einzige Fähigkeit, die an der Spitze
der Front gefordert ist. Vielleicht dauert es einfach noch etwas, bis
du deine Rolle hier gefunden hast. Hab etwas Geduld. Ich glaube,
du bist auf dem richtigen Weg.« Jetzt lächelte er wieder und legte
seine Hand auf ihre Schulter, die dort wie eine riesige Pranke wirkte. Bevor sie etwas entgegnen konnte, war er schon weitergegangen
und wurde von jemand anderem in ein Gespräch verwickelt.

Verdutzt schaute Colleen ihm nach. Meinte er vielleicht damit, dass sie tatsächlich als eine Art Kontakt zwischen den Menschen-sklaven und den Sidhe–Rebellen fungieren sollte? War das die Rol-le, von der er gesprochen hatte? Colleen wusste es nicht, nahm sich aber vor, morgen noch mehr Zeit mit Rosie zu verbringen. Etwas anderes hatte sie ja auch nicht zu tun, besonders, wenn Tio morgen noch nicht zurückkam. Hier wollte man wohl ihre Hilfe nicht, was sie sehr verwunderte. Schließlich war sie einfach nur eine Dienerin. Alice, Mog Ruith, Fionn … alle schienen zu denken, sie konnte etwas Besseres sein. Colleen seufzte. Sie war sich nicht so sicher, ob sie sich alle darin nicht täuschten. Und enttäuschen wollte sie sie ungern. Aber sie wusste nicht, wie sich das vermeiden ließ. Beson-ders wenn alle immer nur in Rätseln sprachen. Außerdem: Mehr als ihre Hilfe anbieten konnte sie schließlich nicht!

Fast trotzig ging sie auf ihr Zimmer, schämte sich dann aber schnell für ihre kindische Reaktion. Sie beschloss, sich morgen ganz viel Mühe mit Rosie zu geben, um Fionn zu zeigen, dass sie in der Tat auch in einer anderen Rolle nützlich sein konnte.

***

Als Colleen am Vormittag bei Rosie vorbeigeschaut hatte, war das Menschenmädchen schon viel vertrauensseliger gewesen. Sie hat-ten zusammen sogar einen kleinen Spaziergang gemacht. Higgins zufolge hatte Rosie sich bislang hauptsächlich im Bett verkrochen, also schien Colleen der ehemaligen Sklavin tatsächlich gutzutun. Obwohl sie sich immer noch nicht wirklich einen Reim auf Rosie machen konnte, war Colleen darüber sehr froh. Das Gefühl, je-mand anderem zu helfen, machte sie glücklich. Sie war stolz auf sich, dass sie über ihren Schatten gesprungen war. Trotzdem konn-te sie kaum erwarten, dass Tio bald nach Hause kam. Sie hatte ihm so viel zu berichten. Außerdem vermisste sie ihn sehr. Be-schäftigung war dagegen immer noch die beste Therapie. Deshalb freute sie sich, dass sie sich für den Nachmittag wieder mit Rosie verabredet hatte. Zwar fand sie es überraschend, dass das Mäd-chen, nachdem es bislang so scheu gewesen war, auf eine Führung durch das Fort gedrängt hatte, aber immerhin gab es so etwas für sie zu tun, das sie ablenkte. Und streng genommen war es nichts Ungewöhnliches, dass die entflohenen Menschensklaven die Anti-Royalisten kennenlernen wollten, die ihnen schließlich zur Flucht und zur Rückkehr in die Menschenwelt verhalfen. Meistens stattete Fionn oder einer seiner Stellvertreter ihnen jedoch einen Besuch ab. Selten traute sich jemand ins Fort. Doch vielleicht war Rosie ja jemand, der sich in die Sachen stürzte, die ihr Angst machten, um sie zu überwinden. Schließlich hatte sie auch den Mut gefunden, aus dem Haus der bösen Dame Nessa zu fliehen.

So holte Colleen Rosie am Nachmittag ab und sie stiegen gemeinsam den Berg zum Fort hoch. »Die meisten Menschen, die schließlich die Sidhe fürchten gelernt haben, sind auch den Anti-Royalisten gegenüber erst einmal misstrauisch«, erklärte sie dem Mädchen. »Verständlicherweise. Aber du musst überhaupt keine Angst haben. Schließlich setzen sich Fionn und seine Gefolgsleute dafür ein, dass die Sklaven befreit und wieder zurück in die Menschenwelt gebracht werden. Sie sind absolut gegen die Versklavung der Menschen. Deshalb gibt es hier dieses Flüchtlingslager. Und du musst wissen, dass sie viel für die Menschen riskieren. Hier, in den Eisenbergen sind wir einigermaßen sicher. Aber um die Menschen in ihre Welt zurückzubringen, müssen sie zu Portalen gebracht werden. Davon gibt es einige, doch um nicht aufzufallen, müssen immer andere verwendet werden. Und die Menschen dorthin zu führen, ist gefährlich.«

»Ich auch zu so ein Portal nach Hause?«, fragte Rosie.

Colleen nickte. »Erst mal bleibst du hier, bis es dir gesundheitlich und emotional wieder gut genug geht, um die Rückkehr in die Welt der Menschen zu verkraften. Ich kann mir vorstellen, dass ihr alle sofort wieder zurückwollt, nur darf man das seelische Trauma nicht unterschätzen. Mir wurde erzählt, dass einige Menschen in solchen Anstalten für seelisch Kranke landen, weil sie davon berichten, von Feen entführt worden zu sein. Ihr müsst stabil genug sein, um die Erklärung für eure Abwesenheit glaubhaft zu vertreten.« Sie zögerte. Sie war sich sowieso nicht sicher, ob Rosie alles verstand, was sie sagte. Schließlich fuhr sie fort: »Aber gesund siehst du zumindest aus. Viele Menschensklaven haben durch Mangel an Pflege, Sonnenlicht, Essen, Ruhe, Schlaf und so weiter irgendwelche Krankheiten. Du scheinst gesund. Geht es dir körperlich gut?«

Rosie schaute sie nicht an, sagte aber: »Immer gesund.«

Colleen beschloss, das Thema fallen zu lassen, weil sie mittlerweile am kreisrunden Fort angekommen waren. »So, da wären wir.« Sie erklärte der Wache kurz, wer Rosie war. Als sie ihr bedeutete einzutreten, zögerte das Mädchen. Colleen spürte Rosies inneren Widerstand deutlich. Aha, also war das heute doch nur falsche Bravour gewesen. »Wir müssen das heute nicht machen, wenn du nicht magst. Wir können die Tour auch auf ein anderes Mal verschieben.«

Rosie atmete tief ein und ging dann durch das Tor. »Heute.«

Das Mädchen hatte tatsächlich Schneid, das musste Colleen ihr lassen.

Als Erstes zeigte sie Rosie ihr Zimmer. »Jeder hier eigenes Zimmer?«, fragte das Menschenmädchen erstaunt.

»Ich teile meins mit Tio«, antwortete Colleen und wurde rot. »Es kommt immer drauf an. Paare haben schon ihr eigenes Zimmer. Aber einige der Männer teilen sich größere Zimmer, so wie ich Tio verstanden habe.«

»Wo die Zimmer alle?«, fragte Rosie, spähte durch das schmale Fenster und legte dann nachdenklich die Hand an die dicke Mauer, die aus großen, grauen, grob geschlagenen Steinen bestand.

»Wo die ganzen Schlafzimmer sind?« Colleen war sich nicht sicher, ob sie die Frage richtig verstanden hatte, denn ihr ging nicht auf, wieso das für Rosie relevant war. »Äh … die sind, glaube ich, alle außen.«

»Räume mit Fenster?«

Colleen nickte. Sicherlich wurden einige der äußeren Räume auch noch für andere Zwecke benutzt, aber sie musste das Mädchen ja nicht verwirren. »Man kann einmal im Fort rundgehen. Komm, ich zeig's dir.« Sie spazierten in den Korridor und machten fast eine ganze Runde, bis sie wieder vor dem Eingang angekommen waren.

»Viele Zimmer«, stellte Rosie fest. »Viele Leute wohnen hier?«

»Es sind nicht alles Schlafzimmer. Guck mal, das zum Beispiel«, sie zeigte auf eine Tür, »das ist der Waschraum für Frauen. Zum Baden, weißt du? Daneben ist der für Männer.«

Rosie nickte. »Also wie viele Leute leben hier?«

»Äh. Ich schätze fünfzig. Vielleicht dreißig, vierzig Männer und ein paar Frauen. Dann sicher noch einige, die ich selber noch nicht getroffen habe – die kochen, saubermachen und so. Keine Angst, es sind genug Krieger hier, um das Flüchtlingslager zu beschützen, wenn du deshalb fragst. Das ganze obere Stockwerk – wo ich auch noch nicht war – dient als Wehranlage.« Sie zeigte nach oben und Rosies Blick ging Richtung Decke. »Dort lagern auch die Waffen. Und dort oben sind immer Krieger abgestellt, die Ausschau halten. Wie du ja selber gesehen hast, hat man von hier oben einen tollen Ausblick – bis aufs Meer. Wenn jemand vorhätte, uns anzugreifen, dann würden die da oben sicher früh genug mitbekommen.« Sie legte ihren Arm um Rosies Schultern. »Und wenn sich jemand dem Flüchtlingslager nähert, ebenso. Also mach dir keine Sorgen.«

Als Rosie nichts sagte, sondern nur mit gerunzelter Stirn weiter nach oben schaute, versuchte Colleen, sie abzulenken. »Schau mal, dieser kurze Gang geht vom Eingang bis zur Mitte des Forts. In der Mitte ist der große Speisesaal. Da gehen wir gleich rein. Rechts und links geht es in den äußeren Korridor, der wie ein Ring einmal herumgeht und den wir gerade entlanggegangen sind.« Sie ging ein paar Schritte weiter in Richtung Speisesaal. »Hier geht noch mal rechts und links ein Korridor ab. Theoretisch wäre das der innere Ring, aber der Korridor geht nicht einmal ganz herum. Irgendwann muss man umdrehen und zurückgehen, auf der anderen Seite auch. Ich glaube, hinter dem Speisesaal liegt die Küche, deshalb kann man da nicht lang. Ich weiß es nicht genau. Aber die kleinen Räume ohne Fenster zwischen dem äußeren und dem inneren Korridor sind auf jeden Fall Lagerräume.« Sie schaute Rosie an, um sicherzugehen, dass sie nicht völlig von ihren Erklärungen verwirrt war. Bestimmt verstand sie manche Wörter nicht, aber wenigstens war ihr Gesicht kein einziges Fragezeichen. Auch Rosies Gemütslage drückte keine Verwirrung aus. Zumindest konnte sie davon nichts empfangen. Zufrieden fuhr sie mit ihrer ausführlichen Tour fort. »So, und jetzt gehen wir in den Speisesaal. Da halten sich um diese Tageszeit meistens Leute drin auf. Es gibt bald Abendessen. Bist du bereit dafür, anderen Sidhe zu begegnen?«

Prüfend schaute sie das Menschenmädchen an. Gestern hatte sie schließlich fast hysterisch reagiert, als sie gesehen hatte, dass Colleen Sidhe war. Und sie, Colleen, war nur ein junges Mädchen. Würde Rosie damit klarkommen, auf einen Haufen großer, starker, furchterregender Sidhe-Krieger zu treffen?

Wieder spürte Colleen Rosies inneren Widerstand. Aber da war noch etwas anderes. Eigentlich genau das gegenteilige Gefühl. Das Mädchen wollte am liebsten weglaufen, aber gleichzeitig musste sie auch dort hinein. Es war mehr als ein Bedürfnis, eher wie ein Zwang. Bevor sie Rosies Gefühle genauer analysieren konnte, sagte das Mädchen: »Ja, ich kann das.«

Sie sah blass aus, aber vielleicht war es für Rosie genau die richtige Therapie, ihren Ängsten zu begegnen. Also stieß Colleen die Tür auf und ließ Rosie den Vortritt. Im Speisesaal waren tatsächlich schon eine Handvoll Männer um den Tisch versammelt. Sie schauten neugierig zu ihnen herüber und Colleen nickte ihnen zu. Der Krug mit dem Trunk, der dem Gift des Eisens entgegenwirkte, war gerade randvoll und das Feenmädchen ergriff die Gelegenheit, ein Glas davon zu trinken. Sie bot Rosie Wasser an und erklärte ihr, warum das andere Getränk nur für sie war.

»Also alle hier in Fort trinken von diese Krug? Jeden Tag?«, fragte Rosie fast schon aufgeregt. Colleen wusste nicht, wieso es das Mädchen so faszinierte und nickte nur. Als sie gerade weiter erklären wollte, bemerkte sie, dass Rosie auf einmal stocksteif dastand. Ihre grünen Augen weiteten sich und ihre vormals blassen Wangen färbten sich rot. Auch die Männer am Tisch hatten ihre Blicke auf die Tür gerichtet. Colleen drehte sich um.

Na klar, es war Fionn.

Er nahm wie immer die Aufmerksamkeit aller im Raum gefangen, aber Rosie schien besonders beeindruckt.

»Das ist Fionn, der Anführer der Anti-Royalisten«, erklärte Colleen. »Soll ich dich ihm vorstellen?«

Rosie nickte nur. Colleen trat ein paar Schritte auf Fionn zu, der gerade dabei war, zu seinem angestammten Platz am Kopf des Tisches zu gehen. Hoffentlich würde sie an seiner Reaktion ablesen können, ob das hier die Rolle war, von der er gestern Abend gesprochen hatte. Eine kleine Geste, wie ein anerkennendes Nicken oder Ähnliches, würde ihr viel helfen. Schüchtern räusperte sie sich. »Fionn?«

Der rothaarige Riese blieb stehen und schaute sie aufmerksam an. »Wenn du ganz kurz Zeit hast ... Ich würde dir gerne ein junges Menschenmädchen vorstellen, das gestern im Flüchtlingslager eingetroffen ist. Ich helfe ihr, das hier alles besser zu verstehen und sich hier wohler zu fühlen. Das ist Rosie.«

Rosie hatte mittlerweile zu ihnen aufgeschlossen und starrte Fionn immer noch mit offenem Mund an.

Colleen wusste nicht, ob sie schmunzeln oder wegen Rosie peinlich berührt sein sollte. Ja, Fionn war beeindruckend und sie konnte gut verstehen, dass er auf das weibliche Geschlecht sehr anziehend wirkte. Ihr Typ war er aber gar nicht. Sie fühlte sich bei einem sanfteren, jüngeren Mann wie Tio viel wohler. So charismatisch er auch war, in ihren Augen kam Fionn an Tio nicht heran. Beim Gedanken an Tio bekam sie sogleich Schmetterlinge im Bauch. Sie vermisste ihn so sehr ... Hoffentlich kam er bald zurück. Sie war gedanklich derart mit Tio beschäftigt, dass sie gar nicht genau hörte, was Fionn zu Rosie sagte, als er ihr die Hand hinhielt.

Doch als Rosie seine Hand schüttelte, wurde Colleen mit Wucht aus ihren Gedanken gerissen. Ein ganz starkes Bedürfnis ging von Rosie aus. Aber es hat nichts mit Liebe und Lust zu tun, wie Colleen voreilig angenommen hatte. Im Gegenteil.

Rosie wollte Fionn leiden sehen.

Sie wollte, brauchte, begehrte ... Fionns Tod.

kapitel vier

Colleen konnte sich keinen Reim auf Rosies Gefühle machen. Von außen erweckte sie den Anschein, als sei sie einfach nur unheimlich beeindruckt von Fionn – eine Reaktion, die der Anführer der Anti-Royalisten gewohnt war. Aber was da innerlich in dem Menschenmädchen vor sich ging, war so bizarr, dass Colleen gar nicht wusste, was sie damit anfangen sollte. Wie konnte jemand so starke Hassgefühle jemandem gegenüber haben, dem man zum ersten Mal begegnete? Und überhaupt ergab es gar keinen Sinn: Rosie sollte Fionn doch dankbar sein, denn seinetwegen gab es das Flüchtlingslager und seinetwegen hatte sie die Möglichkeit, wieder nach Hause zurückzukehren.

Rosie stellte Fionn ein paar Fragen – ihre Schüchternheit anscheinend wie weggeblasen –, aber der Rebellen-Anführer musste sich bald entschuldigen, weil er etwas mit den Männern am Tisch zu besprechen hatte. Rosie schien enttäuscht, dass sie sich nicht weiter mit ihm unterhalten konnte. Das verwirrte Colleen angesichts dessen, was in dem Menschenmädchen vor sich ging, noch mehr.

Rosies Gefühle behagten ihr gar nicht – nicht nur, weil sie sie nicht verstand, sondern auch, weil ihr ein solcher Hass fremd war und sie ihn gar nicht selber miterleben wollte. Sie blockte alles, was von Rosie ausging, so gut wie möglich ab und sagte dann zu dem Mädchen, dass sie am besten zurück zu den Hütten gehen sollten.

Als Rosie Einspruch erheben wollte, schnitt Colleen ihr das Wort ab: »Es wird draußen sicher bald dunkel werden und ich möchte gerne rechtzeitig zum Abendessen zurück sein.«

Das Menschenmädchen zögerte, aber bevor ihr vielleicht noch einfiel, zu fragen, ob sie hier mitessen könnte, war Colleen schon auf dem Weg aus dem Speisesaal, und es blieb Rosie nichts anderes übrig, als ihr zu folgen.

Auf dem Weg zurück zum Flüchtlingslager stellte Rosie noch ein paar weitere Fragen über das Fort und die Anti-Royalisten, anscheinend unbeeindruckt davon, dass Colleen nur einsilbig antwortete.

Colleen fragte sich im Stillen, warum das Mädchen das alles wissen wollte. Anfangs hatte sie gedacht, Rosie sei um ihre eigene Sicherheit besorgt, aber ihre Fragen gingen nun weit darüber hinaus. Das konnte ihr doch alles egal sein, wenn sie ihre schrecklichen Erlebnisse als Sklavin in der Anderswelt hinter sich lassen und wieder nach Hause, in die Welt der Menschen zurückkehren wollte.

»Sag mal«, unterbrach Colleen das Mädchen, »du hast noch gar nichts von deinem Zuhause erzählt. Du musst dich doch danach sehnen, wieder heimzukehren. Deine Familie endlich wiederzusehen.«

»Oh ja, sehr.«

Colleen sah Rosie von der Seite an. Da war keine Sehnsucht, keine Schmerzen, keine Traurigkeit in ihren Augen. Sie selber war, schon als sie klein war, von ihrer Familie getrennt worden. So war es bei den Sidhe üblich, wenn die Kinder nicht die gleiche Berufung hatten wie ihre Eltern. Ihre Eltern waren beide Schafhirten gewesen. Als festgestellt wurde, dass Colleen Dienerin war, kam sie auf die Schule, wo sie in ihrem Beruf ausgebildet wurde. Seitdem hatte sie ihre Eltern nicht mehr gesehen. Sie dachte nicht oft darüber nach – bevor Alice mit ihr darüber geredet hatte, war es ihr wie das Normalste der Welt vorgekommen. Sie hatte eine Patin, die sie nach der Schule unter ihre Fittiche genommen hatte, als Colleen in den Palast kam. Mittlerweile war sie ihr mehr eine Mutter als ihre eigene Mama. Sie vermisste sie und dachte oft an sie. Ihre Patin hatte ihr bei der Flucht aus dem Palast geholfen und ihre

Entscheidung unterstützt. Sie verdankte ihr so viel. Aber nichtsdestotrotz kamen in ihr immer starke Emotionen hoch, wenn sie an ihre Familie dachte, besonders an ihre Mama. Alice hatte einmal kommentiert, dass Colleen beim Gedanken an ihre Mutter traurig aussah. In Rosies Gesicht sah sie gar keine Emotionen, als sie sie nach ihrer Familie fragte.

Irgendwas stimmt doch nicht mit ihr, dachte sich Colleen und zog ihre Wollstola enger um sich. Es fröstelte sie, und das lag bestimmt nicht nur an dem schneidenden Wind hier oben auf dem Berg. Wenn sie dahinterkommen wollte, was das war, dann durfte sie ihre Intuition nicht abblocken, auch wenn ihr unwohl bei dem war, was sie in dem Menschenmädchen sah. Im Gegenteil, sie sollte sich ganz auf ihr Inneres besinnen, so wie sie es während der Meditation bei der Erle tat. Colleen holte tief Luft und versuchte, sich in diesen Zustand der Stille zu versetzen.

»Du vermisst deine Mutter doch bestimmt sehr, oder?«, hakte sie nach.

Rosie nickte. »Bald werde ich sie wiedersehen.«

Was Colleen von Rosie empfing, war nicht überraschend. Das Menschenmädchen suchte Geborgenheit und Sicherheit, Liebe, die nur eine Mutter geben konnte. Aber auch wieder dieser undefinierbare Drang nach Bestätigung lag hinter all dem. Colleen wollte schon wieder loslassen, wie sie es für sich selber beschrieb, wenn die Konzentration brach, als sie etwas anderes mit solcher Wucht traf, dass sie abrupt stehen blieb.

Es war ein Bild. Zuerst sah sie nur rot. Rote Haare, die im Wind flatterten. Dann das Gesicht der Frau mit den langen roten Haaren. Colleen kannte dieses Gesicht nur zu gut.

Maggie.

Morrigans Schwester, die auch oft im Palast lebte, wenn sie nicht in der Menschenwelt unterwegs war. Die drei Schwestern Morrigan, Macha und Badb hatten schon zur Zeit der Túatha Dé Danann gelebt, als dieses alte Volk noch in der Menschenwelt regierte. Damals waren sie eine dreifältige Göttin gewesen – oder so behaupten es heute zumindest die Legenden. Nachdem die Túatha

Dé Danann von den Milesiern vertrieben und in die Anderswelt verbannt worden waren, wurde aus ihnen das Volk der Sidhe. Morrigan, Macha und Badb bekamen hier neue Rollen zugewiesen. Der mächtige Dagda orakelte, dass Morrigan die Königin sein sollte. Macha sollte weiterhin ein Auge auf die Menschenwelt haben. So wandelte sie oft zwischen den Welten hin und her. Mittlerweile nannte sie sich Maggie. Die Diener im Palast hatten noch mehr Angst vor ihr als vor Morrigan, weil sie so kalt und gnadenlos war. Maggie war es auch gewesen, die Alice entführt hatte.

Hatte sie dieses Bild gerade wirklich von Rosie empfangen? Sicherlich musste sie sich irren. Woher sollte Rosie Maggie kennen?

Rosie drehte sich um, als sie merkte, dass Colleen stehen geblieben war. Schnell ging Colleen weiter. Wenn sie mehr erfahren wollte, durfte sie sich nichts anmerken lassen – leichter gesagt als getan. Colleen hatte wahrlich kein Pokerface und die Überraschung stand ihr bestimmt ins Gesicht geschrieben. Sie versuchte sie zu überspielen.

»Wo bist du denn zu Hause?«, tat sie ihr Bestes, einen Plauderton anzuschlagen. »Also, ich kenne bestimmt nicht alle Städte in der Menschenwelt, aber wie du vielleicht weißt, sieht das Irland der Anderswelt genauso aus wie das Irland der Menschenwelt.«

»Dublin«, antwortete Rosie.

»Die Stadt kenne ich natürlich«, lächelte Colleen. »Bist du da aufgewachsen? Erzähl doch mal von deiner Familie.«

Rosie zuckte mit den Schultern. »Mama, Papa, ich. Hab auch in England gelebt … Schule, da auch gewohnt, in der Schule.«

»Ach, deshalb ist dein Irisch auch nicht so gut?« Rosie nickte. »Wenn es nicht zu schmerzlich für dich ist, darf ich fragen, wo du warst, als du in die Anderswelt geholt wurdest?«

»Urlaub mit Mama, Papa in Sligo.«

»Und die böse Dame, diese Nessa, die hat dich entführt?«

Rosie nickte nur.

Mittlerweile waren die beiden bei den Hütten angekommen. Unschlüssig blieb Colleen vor Rosies Hütte stehen. Sie wollte gerne noch mehr erfahren, mochte Rosie aber auch nicht zu offensichtlich ausfragen. Sicherlich würde sie es komisch finden, wenn Colleen sie fragte, wie Nessa aussah. Vielleicht sah sie Maggie ähnlich. Aber wieso hatte Rosie an sie gedacht, als Colleen sie nach ihrer Mutter fragte?

»Und das war ja auch in der Gegend, wo du … festgehalten wurdest. Von dort in der Nähe hat Tio dich abgeholt, nicht wahr? Und du sagst, du warst die ganze Zeit dort?« Rosie nickte. »Hmm«, fuhr Colleen schnell fort. »Nach Dublin zurückzukommen ist von hier aus nicht so problematisch. Higgins wird mit dir an einer Geschichte arbeiten, die deine Abwesenheit erklärt. Dann gibt es keinen Grund, warum du nicht bald wieder zu deiner Familie zurückkehren kannst.« Sie legte ihre Hand auf Rosies Schulter. »Dann gute Nacht. Wir sehen uns morgen?«

Rosie nickte. »Bis morgen.«

Colleen sah ihr nach, wie sie in die Hütte ging, wandte sich dann ab und ging den Berg wieder hoch. Rosies widersprüchliche Gefühle und vor allem das Bild von Maggie kreisten immer wieder in ihrem Kopf herum. Hoffentlich würde Tio morgen wiederkommen. Sie musste unbedingt mit ihm darüber reden. Vielleicht konnten sie sich gemeinsam einen Reim auf Rosie machen.

Im Laufe des Abends konnte sie den Gedanken an Rosie einfach nicht mehr abschütteln. In der Nacht wälzte sie sich im Bett hin und her und konnte nicht einschlafen, weil sie ein immer schlechteres Gefühl beim Gedanken an das Menschenmädchen bekam. Sollte sie vielleicht am nächsten Tag mit Higgins darüber sprechen? Oder gar mit Fionn? Würden die beiden Colleen überhaupt ernst nehmen? Sie konnte schließlich nicht mit Fakten aufweisen, sondern hatte nichts anderes als ihre Intuition. Doch noch nie zuvor hatte sie die so intensiv gespürt. Es war wie ein brennender Schmerz in ihrem Solarplexus, genau zwischen Magengrube und Brustkorb. Irgendwann wurde es ihr unmöglich, die Schmerzen weiterhin zu ignorieren und sie stand aus dem Bett auf. Sie schlüpfte schnell in ihre Stiefel, die neben dem Bett standen, bevor ihre Füße kalt wurden. Durch das kleine Fenster konnte sie den Mond sehen, der als schmale Sichel am Nachthimmel hing und dafür sorgte, dass ihr Zimmer in ein schwaches, fahles Licht getaucht wurde. Colleen ging im Zimmer auf und ab, bis ihre Beine sie wie von alleine zur Tür und dann in den Korridor führten.

Es war, als ob ihr Körper von alleine wüsste, was sie zu tun hatte, auch wenn ihr Verstand etwas hinterherhinkte. Was eine gute Sache war, denn wenn sie darüber hätte nachdenken dürfen, hätte Colleen sich nie im Leben getraut zu tun, was sie tat: Sie ging zur Wache am Eingangstor und erkundigte sich, welches Zimmer Fionns war. Als der Mann herumdruckste, unterbrach sie ihn und sagte, es ginge um die Sicherheit aller. Schließlich erklärte der Wachmann ihr, wo Fionn schlief und sie ging schnellen Schrittes den Korridor entlang bis zu Fionns Tür. Ohne zu zögern, klopfte sie dreimal laut an und trat dann einfach ein.

Ihre Augen hatten sich mittlerweile an die Dunkelheit gewöhnt und so sah sie die Umrisse der Möbel im Raum und Fionn, der sich ruckartig im Bett aufsetzte. Bevor sie es sich noch einmal anders überlegen konnte, ging sie auf sein Bett zu und sagte dann bestimmt: »Ich bin's, Colleen. Ich muss dir etwas Wichtiges mitteilen. Ich bin mir sicher, wir sind in Gefahr.«

Nachdem sie die Worte ausgesprochen hatte, verließ sie der Mut. Ihre Beine hatten sie bis hierher wie von selbst getragen, aber jetzt wurden ihre Knie weich und es blieb ihr nichts anderes übrig, als sich auf die Bettkannte zu setzen, wenn sie nicht auf den Boden sinken wollte.

Fionn rieb sich verschlafen das Gesicht. »Wovon redest du, Mädchen?«

Mit zitternder Stimme versuchte Colleen zu erklären, warum sie ihn geweckt hatte. »Ich weiß, es hört sich ein bisschen verrückt an«, kam sie zum Ende. Als er immer noch nichts entgegnete, fuhr sie schnell fort: »Ich bin nur eine kleine Dienerin, wieso solltest du auf mein Bauchgefühl irgendetwas geben? Ich kann es auch so schwer erklären, aber ich bin mir sicher, etwas stimmt nicht mit Rosie. Sie … sie will dich leiden sehen. Sie will deinen Tod. Warum sollte sie solch starke Hassgefühle ausgerechnet für dich haben? Das ergibt einfach keinen Sinn.«

Sie brach ab und starrte auf ihre Hände. Gut, dass es dunkel war, dachte sich Colleen, denn so konnte Fionn wenigstens ihr rotes Gesicht nicht sehen. Sie kam sich so albern vor, nachts in das Zimmer des Anti-Royalisten-Führers zu stürmen und ihn mit ihrer Eingebung zu behelligen. Sie war sich sicher, dass er sie gleich rauswerfen und ihr nahelegen würde, dass sie vielleicht woanders besser aufgehoben war als in der Gemeinschaft der Rebellen, die ihre Sache sehr ernst nahmen und für die lächerlichen Anwandlungen eines kleines Mädchens keine Zeit hatten.

Doch zu ihrer Überraschung stellte ihr Fionn weitere Fragen über Rosie. Als Colleen zögerlich zugab, das Bild von Maggie in Rosies Gedanken wahrgenommen zu haben, sprang Fionn aus dem Bett auf.

»Du hast ein außergewöhnliches Talent«, sagte er, während er sich schnell Kleider überzog. »Wir können uns sehr glücklich schätzen, dass du dich uns angeschlossen hast und hier bist.«

Colleen wusste nicht, was sie dazu sagen sollte, also schwieg sie lieber. Sie saß immer noch auf der Bettkante und starrte auf ihre Hände. »Na komm schon«, forderte Fionn sie schließlich ungeduldig auf, nachdem er sich Stiefel angezogen hatte. »Hoffentlich sind wir noch nicht zu spät.« Er warf ihr einen dicken Wollmantel zu; erst jetzt fiel ihr auf, dass sie nur ihr Nachthemd anhatte.

Die kleine Fee stand auf. Ihre Arme und Beine fühlten sich bleiern an. Dennoch versuchte sie, mit Fionn mitzuhalten, der Türen aufriss und seine Krieger zusammentrommelte. Alle standen in so kurzer Zeit mit Waffen und Fackeln bereit, dass Colleen nur bewundern konnte, wie gut sie auf einen Moment wie diesen vorbereitet waren. Sie blickte in grimmige Gesichter, als Fionn ihnen erklärte, was zu tun war, aber ihr entging auch nicht, dass so manches Paar Augen vor Aufregung glänzte. Auf einen solchen Einsatz hatten sie alle gewartet.

Im Eiltempo ging es den Berg hinunter zum Flüchtlingslager. Obwohl sie alle mucksmäuschenstill waren, musste Higgins aufgewacht sein und das Licht ihrer Fackeln bemerkt haben, denn er wartete schon einige Meter oberhalb des Lagers auf sie. Als ob sie sich abgesprochen hatten, blieben die Krieger zurück und ließen ihren Anführer vortreten, der leise auf Higgins einredete. Der kleine Mann nickte und sagte ein paar Worte, ebenfalls im Flüsterton. Higgins reichte Fionn die Laterne, die er in der Hand hatte und Fionn winkte Colleen heran.

»Wir beide werden jetzt in ihre Hütte gehen und sie dazu bewegen, mit uns zu kommen.«

Bevor Colleen irgendetwas entgegen konnte, ging Fionn schon auf die Hütte zu, auf die Higgins stumm zeigte. Schnell sprang sie hinter ihm her. Das Herz klopfte ihr bis zum Hals, als Fionn ganz langsam die Tür aufmachte – vorsichtig, damit sie nicht quietschte –, und sie nach ihm durch den Türspalt in die Hütte schlüpfte. Im Licht der Laterne sah sie die beiden Betten. In dem einem regte sich die alte Frau, die diese Hütte mit Rosie teilte. Mit zittriger Hand zeigte Colleen auf das andere Bett. Fionn nickte ihr zu. Einen Schritt nach vorne und sie stand vor Rosie, die sich ganz unter der Decke verkrochen hatte und tief und fest schlafen musste, denn sie bewegte sich nicht.

Gerade als die alte Frau aufkreischte und panisch schrie: »Was wollt ihr?«, zog Colleen Rosies Decke weg.

Doch darunter befand sich nicht Rosies schmaler Körper, sondern lediglich aufeinandergestapelte Kissen.

Erschrocken drehte sich Colleen zu Fionn um und trat einen Schritt zur Seite, um ihm zu zeigen, dass das Bett leer war. Mit weit aufgerissenen Augen rief sie: »Sie ist weg!«

Higgins, wahrscheinlich alarmiert von dem Geschrei der alten Frau, kam in die Hütte gestürmt. Jetzt wurde es eng in dem kleinen Raum und Colleen ließ sich matt auf Rosies Bett sinken. Higgins redete in beruhigendem Ton auf die alte Frau ein und Fionn kam zum Bett herüber und beleuchtete es mit dem Licht der Laterne. Es gab keinen Zweifel: Von dem Menschenmädchen war keine Spur mehr zu sehen.

Colleen legte den Kopf in die Hände. Zu spät! Sie hatte zu spät reagiert. Jetzt war das Mädchen weg und konnte wer weiß welchen Schaden anrichten. Es war alles ihre Schuld! Ihr wurde ganz heiß vor Scham, als sie sich daran erinnerte, dass sie Rosie das Fort gezeigt und alle Fragen des Menschenmädchens so bereitwillig beantwortet hatte. Wie naiv war sie doch gewesen, zu denken, dass sich das Mädchen einfach nur sicher fühlen wollte. Sie hatte die Anti-Royalisten ausspionieren wollen und sie dumme Kuh hatte es ihr so einfach gemacht.

Nur dumpf drang zu ihr durch, dass Higgins gerade der alten Frau erklärte, wie Rosie ihnen allen zur Gefahr werden könnte und sie fragte, ob ihr etwas an der angeblichen Sklavin aufgefallen war.

Die alte Frau schüttelte nur verwirrt den Kopf. »Sie ist nicht in ihrem Bett? Aber ich bin mir sicher, dass sie noch vor Kurzem dort drin lag. Sie hat sich umgedreht, als ich das letzte Mal aufgewacht bin. Und ich wache oft auf. Ich schlafe nicht so gut …«

»Wann?«, unterbrach sie Fionn ungeduldig. »Wann war das?«

Hilflos zuckte die alte Frau mit den Schultern. »Es ist bestimmt nicht lang her.«

»Vielleicht ist sie noch nicht weit gekommen«, sagte Fionn und riss Colleen am Ärmel des übergroßen Wollmantels hoch. »Komm, wir müssen ihr hinterher. Vielleicht können wir sie einholen.« Er zog Colleen mit sich aus der Hütte.

Es bedurfte nicht vieler Worte und die Krieger stürmten den Berg herunter, Fionn und Colleen mitten im Pulk. Es ging alles so schnell, dass Colleen gar nicht wusste, wie ihr geschah. Es kam ihr alles wie ein böser Traum vor. Das ganze Glenariff-Tal war in den Schein der vielen Fackeln getaucht, sodass die Farne und Bäume, die Wasserfälle und Bäche, die Schluchten und moosbewachsenen Felsen fast unwirklich erschienen. Überall hatten sich die Männer und Frauen im Tal verteilt und ihre entschlossenen Mienen ließen keinen Zweifel in Colleen aufkommen, dass die Anti-Royalisten nicht aufgeben würden, bis sie die Spionin gefunden hatten. Sie selber lief immer nur Fionn hinterher, stolperte über unebene Erde und Steine und sah zu, dass sie nicht zurückblieb. Doch irgendwann ging ihr die Kondition aus und sie blieb stehen, um wieder Atem zu holen. Sie stemmte die Hände in die stechenden Seiten und versuchte, wieder Luft in die Lungen zu bekommen. Wieder kam sie sich fehl am Platz vor. Die Krieger konnten Rosie sicher überwältigen, wenn sie das Mädchen fanden, aber Colleen hatte nicht die Kraft dafür. Sie konnte hier gar nichts ausrichten. Doch ein neues Selbstbewusstsein breitete sich in ihr aus und ließ diesen Gedanken nicht richtig zu. Es gab doch etwas, das sie zumindest versuchen konnte.

Colleen sah sich um. Im Dunkel der Nacht, im Schein der Fackeln, sah das Tal so fremd aus. Dabei kannte sie sich hier eigentlich ganz gut aus. Gerne wollte sie ihre Erle finden, wo sie sich vielleicht auf ihr Inneres besinnen konnte. Aber sie hatte etwas die Orientierung verloren und sobald sie nach innen schaute, drängten sich ihr die lauten Bedürfnisse der Anti-Royalisten auf, die alle denselben Wunsch hatten: die Spionin zu ergreifen. Colleen wollte sich schon darüber ärgern, als ihr ein Licht aufging. Wenn Rosie hier irgendwo in der Nähe war, dann konnte Colleen sie vielleicht irgendwie vernehmen. So etwas hatte sie noch nie zuvor versucht. Sich gleichzeitig auf Rosies innere Stimme zu konzentrieren und einen Weg durch die Vegetation zu bahnen, erwies sich als äußerst schwierig. Colleen stolperte mehrere Male und schürfte sich die Arme und Hände an Steinen und Büschen auf. Ihre Haare verfingen sich in den Zweigen. Immer wieder blieb sie stehen und versuchte aufs Neue, ihren Fokus auf ihre Intuition zu lenken. Schon nach kurzer Zeit war sie so erschöpft davon, dass sie aufgab. Sie sank auf einen umgekippten, efeuberankten alten Baumstamm und ließ zu, dass die Müdigkeit von ihr Besitz ergriff. Sie ließ ganz los. Die Bedürfnisse der schweigenden Krieger, welche in ihrer Nähe immer noch zielstrebig das Tal durchstreiften, prasselten einfach auf sie ein.

Plötzlich zuckte Colleen zusammen. Da war er – der verzweifelte Wunsch, den Verfolgern zu entkommen. Wie in Trance stand das Feenmädchen auf und folgte der schwachen Stimme. Auf einmal schien sie nicht mehr gegen die üppige Natur ankämpfen zu müssen, sondern bewegte sich mühelos vorwärts, so als ob sie nicht nur nach innen, sondern auch nach außen sensibilisiert war. Als die Stimme immer lauter wurde und Colleen einem Krieger über den Weg lief, legte sie ihm eine Hand auf die Schulter und deutete ihm an, still zu sein. Der Mann nickte und folgte ihr in eine nahe Stein-schlucht. Die Steine waren glitschig von den kleinen Rinnsalen, die sich ihren Weg durch die Felsen bahnten, also waren Colleen und der Krieger besonders vorsichtig. Stumm zeigte Colleen auf einen Felsvorsprung. Der Krieger reichte Colleen seine Fackel und winkte sie näher heran. Im Schein der Fackel war deutlich die klei-ne Gestalt zu sehen, die sich unter dem Vorsprung versteckte. Sie bewegte sich nicht, vielleicht immer noch in der Hoffnung, dass man sie nicht sah. Blitzschnell zog der Krieger sein Messer und stellte sich in Angriffsstellung vor Rosies Unterschlupf, sodass ihr der Fluchtweg versperrt wurde. Dann stieß er einen lauten Kriegs-schrei aus, der Colleen bis ins Mark ging. Die Gestalt hinter dem Vorsprung zuckte noch nicht einmal zusammen. Se bewegte sich immer noch nicht, als sich die Schlucht schnell mit angriffslustigen Kriegern füllte.

Colleen sah sich um. Die Menge teilte sich und ließ Fionn durch. Der Rebellen-Anführer packte Rosie und zog sie hinter dem Vor-sprung hervor. Mit der Felswand im Rücken und den Kriegern, die den Ausgang der Schlucht versperrten, blieb ihr keine Fluchtmög-lichkeit, selbst wenn sie einen letzten Versuch gewagt hätte. Trotz-dem hockte sie in sprungbereiter, fast schon anmutiger Haltung auf dem Boden, wo Fionn sie hingeschleudert hatte. Mehr denn je erinnerte das Menschenmädchen Colleen an eine Katze.

Fionn sagte erst einmal nichts, sondern blickte nur verächtlich auf sie herunter. Auch die Krieger schwiegen. Worauf wartete ihr Anführer nur?

Schließlich hob Rosie den Kopf. Ihr Blick traf Colleen. Fast schon amüsiert schaute sie das Feenmädchen an. Ihre grünen Au-gen funkelten.

»Da habe ich dich wohl unterschätzt, was?«, meinte sie höh-nisch – und in perfektem Irisch.

Plötzlich war Colleen wieder ganz da, als sei sie gerade aus ihrer Trance aufgewacht. Ja, Rosie hatte sie unterschätzt. So wie sie sich kontinuierlich selber unterschätzte. Wäre sie sich ihrer Begabung sicherer gewesen, sich ihrer selbst sicherer gewesen, dann wäre es gar nicht so weit gekommen. Auf einmal wusste sie, worauf Fionn wartete: auf sie.

Die Menge teilte sich wieder und ließ Tio, ihren Tio durch. Fragend schaute er Colleen an. Sie atmete tief durch und lächelte ihn an. Als er etwas sagen wollte, hob sie die Hand, um ihm anzudeuten, still zu sein. Sie wollte nichts lieber, als sich ihm in die Arme zu werfen, ihm alles zu erzählen und sich von ihm beschützen zu lassen. Aber er konnte jetzt nicht für sie handeln. Nein, das hier war ihre Sache und sie musste sie erst zu Ende bringen.

Mit erhobenem Kopf trat sich noch einen Schritt auf das Menschenmädchen zu. »Du bist keine Sklavin. Wer bist du wirklich?«

Das Mädchen hatte nur ein schmallippiges Lächeln für sie übrig.

»Aber du bist zweifelsohne ein Mensch«, fuhr Colleen unbeeindruckt fort. »Wenn du die Anti-Royalisten verrätst, die sich für die Befreiung der Menschensklaven einsetzen, dann verrätst du damit auch dein eigenes Volk. Es wird keine Hoffnung mehr für die Menschensklaven geben, befreit zu werden und wieder nach Hause zurückzukehren. Wie kannst du so etwas tun?«

Zu Colleens Erleichterung ließ ich sich Rosie darauf ein. Wenn sie das Mädchen zum Reden brachte, konnte sie auch besser lesen, was parallel dazu in ihrem Inneren vor sich ging – und so vielleicht feststellen, ob sie log oder die Wahrheit sprach.

»Du nimmst an, dass ich den Menschen gegenüber automatisch loyal bin, nur weil ich Menschenblut in mir habe. Du bist doch auch Sidhe und wendest dich gegen dein eigenes Volk. Du und ich, wir sind gar nicht so unterschiedlich, Colleen.«

»Im Gegenteil«, antwortete Colleen ruhig. »Ich helfe meinem Volk. Ich wende mich lediglich gegen meine Königin und all die Adligen, die unser Volk unterdrücken. Aber du bist der Sidhe-Königin gegenüber loyal, die Menschen versklavt. Wieso?«

Colleen schaute in das Mädchen hinein. Sie spürte deutlich das Bedürfnis nach Liebe, nach mütterlicher Bestätigung. Doch was hatte das mit der Königin zu tun … Nein, nicht die Königin … da, jetzt hatte sie es:

»Du sagst selber, du hast Menschenblut in dir, Rosie – wieso hältst du Maggie für deine Mutter?«

Das allgemeine Raunen verriet ihr, dass sie die Anti-Royalisten mit dieser Aussage geschockt hatte. Selbst Fionn, der neben ihr stand, zuckte kaum merklich zusammen.

In Rosies grünen Augen sah sie aber weder Schock noch Überraschung, sondern nur eine unendliche Traurigkeit. Colleen spürte deutlich die Sehnsucht des Mädchens nach Mutterliebe. Mit fast tonloser Stimme antwortete sie:

»Ich habe Menschenblut in mir. *Und* Maggie ist meine Mutter.«

Verwirrt schüttelte Colleen den Kopf. Rosie war zweifelsohne fest von dieser Aussage überzeugt. »Du meinst, sie ist so etwas wie eine Ersatzmutter für dich? Bist du schon, seit du ein kleines Kind bist, bei ihr? Hat sie dich irgendwelcher Gehirnwäsche unterzogen?«

Fionn nahm sie am Arm. So leise, dass die Umstehenden ihn nicht hören konnten, sagte er: »Nein, Colleen. Sie meint genau das, was sie sagt.«

»Aber … das würde ja bedeuten … das geht doch gar nicht. Das ist unmöglich!«

Fionn sah sie ernst an. »Es ist verboten. Es kommt äußerst selten vor. Aber möglich ist es sehr wohl.«

Colleen starrte erst Fionn, dann Rosie an.

Eigentlich sollte sie das Mädchen hassen, für das, was sie getan hatte – oder besser gesagt, getan hätte, wenn sie nicht gefasst worden wäre – aber als sie sah, was in Rosies Innerem vorging, konnte sie das nicht. Noch nie hatte sie jemanden getroffen, der sich so sehr nach Zugehörigkeit, Bestätigung und Liebe sehnte. Das Mädchen gehörte weder zur einen noch zur anderen Welt und würde alles dafür tun, zu ihrer Mutter zu gehören. Und wie es aussah, nutzte Maggie das schamlos aus. Was für eine Frau war das, die ihre eigene Tochter manipulierte, um als Spionin das Lager des Feindes zu infiltrieren und damit Teil ihrer eigenen Identität zu verraten? Wahrscheinlich eine Frau, die ihrer Tochter niemals das geben würde, was sie brauchte, solange sie noch ihren eigenen Nutzen daraus ziehen konnte, dass das Mädchen alles für ihre Liebe tun würde. Morrigan, die Königin, war eine formidable Gegnerin – es würde den Anti-Royalisten nicht so einfach gelingen, sie zu stürzen. Sie hatte gewusst, dass es schwierig werden würde, doch erst jetzt war ihr bewusst, *wie* schwierig. Denn sie hatte eine mächtige Verbündete, ihre Schwester Maggie, die auf keinen Fall zu unterschätzen war.

Colleen hatte alles gesehen, was sie sehen musste. Sie nickte Fionn zu.

Jetzt gab der Anführer der Anti-Royalisten seinen Männern ein Zeichen. Mehrere Krieger traten hervor, legten das Mädchen in Ketten, nahmen sie in ihre Mitte und zerrten sie weg. Rosie wehrte sich nicht. Mit gemischten Gefühlen sah Colleen ihr nach. Die Schlucht leerte sich, bis nur noch Tio, Fionn und sie übrig waren.

»Was geschieht nun mit ihr?«, fragte sie Fionn.

»Wir sperren sie ein und wir foltern sie, bis sie uns alles verrät«, entgegnete er.

»Foltern wird nicht viel bringen. Sie wird nichts sagen. Sie wird auch nicht viel wissen. Dafür wird diejenige gesorgt haben, die sie hierher geschickt hat. Maggie. Aber seht euch vor. Trefft jede Sicherheitsmaßnahme, die es gibt. Sie ist wendig und gerissen. Und sie wird alles tun, um zu entkommen und zu Maggie zurückzukehren. Das ist ihr sehnlichster Wunsch.« Nach kurzer Überlegung fuhr sie fort: »Doch diese Aufgabe wird den Kriegern guttun.«

Nachdenklich schaute Fionn Colleen an. »Du hast sehr gute Arbeit geleistet. Morgen früh sollten wir uns unterhalten. Ich möchte mehr über deine Begabung wissen. Außerdem hätte ich dich gerne dabei, wenn wir beraten, wie wir weiter vorgehen. Vielleicht sind wir hier nicht mehr sicher und müssen uns an einem anderen Ort verstecken.«

Colleen nickte nur. Fionn gab ihr die Hand und sagte dann zu Tio: »Ihr habt euch bestimmt einiges zu erzählen. Bringst du sie sicher zurück?«

Tio bejahte und sah Colleen prüfend an, bis auch Fionn sich entfernt hatte. Schließlich sagte er kopfschüttelnd: »Was ist denn hier überhaupt passiert?«

Colleen trat einen Schritt auf ihn zu und nahm seine Hand. »Komm mit, ich möchte dir etwas zeigen.«

***

Langsam bahnten sich Colleen und Tio ihren Weg durch den Wald. Tio hatte in einer Hand seine Fackel und ließ mit der anderen Colleen nicht los, auch wenn die Pfade manchmal eng wurden. Als sie am großen Wasserfall vorbeikamen, hatte Colleen wieder die Orientierung gefunden. »Hier entlang«, sagte sie. Sonst schwiegen sie beide, so als hätten sie sich dazu verabredet, die Magie, die in der Luft lag, nicht mit unbedeutendem Geplauder zu trüben. Ihr war hier, in diesem Tal, in dieser Nacht, etwas Bedeutendes passiert. Und jetzt waren sie beide wieder vereint, nur sie beide. Das nächtliche Tal kam Colleen deshalb wie verzaubert vor. Tio konnte es auch spüren, da war sie sich sicher.

Schließlich kamen sie zu dem kleinen Teich mit der Erle. Colleen ließ sich auf ihrem Stein nieder und rutschte ganz bis ans Ende, damit Tio auch noch darauf Platz hatte. Tio steckte die Fackel in die Erde und setzte sich neben sie. Wieder nahm Colleen seine Hand und erzählte ihm von Rosie.

»Und den Rest hast du selber miterlebt«, schloss sie ihre Zusammenfassung der Ereignisse, die in Tios Abwesenheit vorgefallen waren. »Sie hat zugegeben, in Wirklichkeit Maggies Tochter zu sein, halb Mensch, halb Sidhe. Maggie hat sie hierher geschickt, um das Lager der Anti-Royalisten auszuspionieren.«

Tio schüttelte ungläubig den Kopf. »Dann muss Maggie aber ganz schön viel wissen. Zum Beispiel, dass das Flüchtlingslager der Menschensklaven hier mit den Fort der Anti-Royalisten verbunden ist. Woher weiß sie das? Das ist beängstigend.«

Colleen wiegte den Kopf hin und her. »Erstens versucht Fionn, mehr Sidhe zu rekrutieren. Da kann es leicht passieren, dass mal der falschen Fee etwas weitererzählt wird. Und wir dürfen nicht vergessen, dass Maggie viel Zeit in der Menschenwelt verbringt.

Wer weiß, ob nicht ein entlaufener Menschensklave in ihre Fänge geraten ist und unter Folter zu viel verraten hat.«

Tio seufzte. »Jetzt müssen wir uns wohl noch mehr in den Untergrund zurückziehen und vorsichtiger sein.«

Colleen nickte. »Wir dürfen nicht den Falschen vertrauen und ihnen Einblick in unsere Operation geben.« Zerknirscht fügte sie hinzu. »Ich werde auf jeden Fall nicht noch mal so naiv und blöd sein.«

Erschrocken schaute Tio sie an. »Aber das warst du doch gar nicht … du … In Wirklichkeit war es meine Schuld. Ich habe doch auch nicht gemerkt, dass mit Rosie etwas nicht stimmt. Und ich habe sie hier hergebracht. Es war meine Idee, dass du dich mit ihr anfreundest. Ich hätte dich niemals dazu drängen sollen …«

Colleen wandte sich ihm zu und legte ihre Hand an seine Wange. Liebevoll unterbrach sie ihn: »Psst. Hör auf. Das bringt doch nichts. Es war nicht deine Schuld.« Sie gab ihm einen zärtlichen Kuss auf die Nasenspitze. »Niemand hat es gemerkt. Ich habe sie doch sogar Fionn vorgestellt. Auch ihm ist nichts aufgefallen.«

Tio lächelte und legte seine eigene Hand über ihre, die immer noch an seiner Wange ruhte. »Doch. Dir ist es aufgefallen. Dir, Colleen. Wie ist dir das bloß gelungen?«

Colleen ließ die Hand sinken und starrte auf den im Fackelschein glitzernden Teich. Sie seufzte. »Es gab Zeichen, die hätten wirklich jeden misstrauisch gemacht, der etwas Zeit mit ihr verbracht hätte, Tio, glaube mir. Wir waren bloß alle nicht auf so etwas vorbereitet gewesen. Sie war ein Mensch, eindeutig ein Mensch, also musste sie eine Sklavin, ein Flüchtling sein. Dabei wissen wir doch spätestens seit Alice, dass es auch Menschen geben kann, die in dieser Welt ganz andere Rollen spielen können. Sie hat sich komisch verhalten, aber ich habe einfach nicht die richtigen Schlussfolgerungen gezogen.« Sie sah ihren Freund wieder an und lächelte. »Doch es bringt nichts, dass wir uns alle deshalb Vorhaltungen machen, wir können einfach nur daraus lernen. Wir können uns glücklich schätzen, dass wir das Schlimmste abgewendet haben.«

Sie stand auf. Tio schaute überrascht zu ihr hoch. »Ich habe aber etwas Wichtiges über mich gelernt. Komm, steh auf und sieh dir das an.« Sie strich über die Borke der Erle und Tio, der sich erhoben hatte, schaute sie erwartungsvoll an.

»Ich bin schon öfter hier hergekommen und betrachte es als meinen besonderen Ort. Es ist einfach friedlich hier … ich schließe die Augen und denke an meine Begabung. Ich habe dir nie davon erzählt, weil ich mich dafür geschämt habe, nicht aufhören zu können, Dienerin zu sein. Und das brachte ich mit meiner Begabung in Verbindung. Anderen die Wünsche sozusagen von der Seele abzulesen, damit ich sie erfülle und ihnen damit zu Diensten sein kann.«

Tio runzelte die Stirn, ließ sie aber weiterreden. Das liebte sie an Tio am meisten, dass er sie immer ernst nahm. Auch wenn er mal nicht mit ihr einer Meinung war, zum Beispiel, wenn er meinte, dass sie sich mehr zutrauen sollte, so tat er ihre Bedenken und Sorgen, ihre Gedanken und Wünsche nie als unbedeutend ab.

Colleen ließ sich also Zeit damit, ihm in Ruhe von ihrer Begegnung mit Mog Ruith zu erzählen.

»Ich habe nicht verstanden, was er damit meinte, als er von der Erle erzählte, aber jetzt ist es mir ganz klar.« Ihre bernsteinfarbenen Augen leuchteten, als sie Tio ansah. »Ich kann viel mehr, als zu spüren, ob jemand Hunger oder Durst hat, ob ihm kalt ist oder er den Wunsch verspürt, ein Bad zu nehmen. Diese Begabung hat nicht unbedingt etwas damit zu, dass ich diese Bedürfnisse befriedigen kann. Sie wurde bislang nur dafür genutzt, den Adligen ein schönes Leben zu machen. Bestimmt gibt es noch andere Dienerinnen, unbedeutende kleine Dienerinnen wie mich, die angeblich nicht zu etwas Größerem bestimmt waren, die dieses besondere Talent haben. Manche vielleicht mehr, manche weniger. Wahrscheinlich wissen noch nicht mal Morrigan und Maggie, zu was wir in Wirklichkeit fähig sind. Ich spüre tief in mir drin, dass die Ausprägung meiner Begabung etwas Besonderes ist.«

Tio starrte sie mit offenem Mund an. Dann sagte er: »Wie ausgeprägt denn, Colleen? Willst du damit sagen, du kannst Gedanken lesen?«

Sie lachte leise und schüttelte den Kopf. »Nicht so, wie man sich das vorstellt. Es ist nicht so, als ob ich Gedanken als ganze Sätze lesen könnte. Wahrscheinlich denkt so gar keiner. Wie soll ich das erklären? Ich lese nicht aus dem Kopf, sondern aus dem Bauch.« Sie legte ihre Hand auf Tios Solarplexus. »Hier. Es sind Gefühle, die ganz tief in einem drinstecken und die mit rationalen Gedanken nichts zu tun haben. Ur-Bedürfnisse. Manchmal empfange ich Bilder. So wie Momentaufnahmen, die sich ganz tief in die Seele der Fee oder des Menschen gebrannt haben.«

Tio schaute auf ihre Hand hinunter und schluckte. »Kannst du spüren, was ich jetzt will?«

Colleen überlegte kurz und lachte dann. »Ja.« Sie gab ihm einen langen, leidenschaftlichen Kuss. Colleens Magen machte einen Salto und sie verlor jegliche Verbindung zu ihrer Intuition. Ihr Körper war mit ganz anderen Dingen beschäftigt. Ihr wurde sehr heiß; und diesmal lag es nicht daran, dass sie verlegen war. Im Gegenteil. Schließlich lösten sie sich wieder voneinander. Colleen legte ihre Stirn an seine. »Aber du musst keine Angst vor mir haben«, flüsterte sie. »Dass ich deine Gedanken lese und so.«

»Ich habe keine Angst. Außerdem habe ich nichts vor dir zu verbergen. Ich bin ganz dein, mit Körper und Seele. Und ich habe auch keine Angst davor, dass du mich so besser kennst als ich dich. Ich glaube, ich sehe dich auch ganz und gar als die Person, die du bist. Ich sehe dein Inneres. Wahrscheinlich nicht auf dieselbe Art und Weise, wie du andere siehst. Aber trotzdem. Ich sehe dich, so wie ich noch nie jemanden gesehen habe, und deshalb weiß ich, dass wir zusammengehören.«

Colleen blinzelte ein paar Tränen weg. Noch nie hatte jemand etwas so Schönes zu ihr gesagt. Sie wagte es, in ihn hineinzuhorchen. Die Schmetterlinge in ihrem Magen hatten sich langsam wieder beruhigt. Er sprach die Wahrheit. »Nein, du hast keine Angst, das sehe ich«, sagte sie lächelnd. »Hmm. Ich glaube, das ist eine ganz gute Beschreibung. Ich sehe etwas mehr als andere. Selbst wenn jemand nicht redet, sehe ich, was in ihm oder ihr vorgeht. Und ich kann sehen, ob sich seine Gefühle mit dem decken, was er sagt.

Ich konnte Rosie hören, obwohl sie sich versteckt hatte. Ich konnte hören, was in ihrem Inneren vor sich ging. So haben wir sie gefunden.«

Colleen schaute die Erle an. »Weißt du, ich glaube, das ist es, was Mog Ruith gemeint hat. Ich kann die Krieger vor unseren Feinden beschützen, weil ich sehen und hören kann, was sie nicht sehen. Das ist meine Rolle hier. Ich bin der Schild. Der Schild der Krieger.«

Gespannt schaute sie Tio an. Ob er das lächerlich fand? Ob sie sich selbst überschätzte? Doch tief in ihrem Herzen wusste sie, dass sie damit recht hatte. Auch wenn sie sich an dieses neue Selbstbewusstsein erst einmal gewöhnen musste. Tio schien das auch zu finden. Er nickte ernst.

»Ich bin stolz auf dich.« Er nahm die Fackel wieder in die Hand. »Und jetzt lass uns zurück zum Fort gehen. Wir müssen etwas Schlaf abbekommen, denn morgen gibt es sicherlich viel zu tun. Außerdem wartet dort eine Überraschung auf dich.«

Mit großen Augen starrte sie ihn an. »Eine Überraschung?«

Tio nickte. »Besser gesagt zwei. Ich habe sie dort abgeladen und dann bin ich ins Tal zurück, um herauszufinden, was es mit dem ganzen Tumult hier auf sich hatte. Die beiden haben einiges hinter sich und waren so erschöpft, dass sie lieber gleich aufs Fort wollten.«

»Die beiden? Du meinst doch nicht etwa …«

Tio nickte amüsiert. »Alice und Dylan.«

Colleen nahm Tio am Arm und zog ihn mit sich. »Komm schon, wir müssen zum Fort! Das sagst du erst jetzt? Lässt mich hier ewig lange selbstbeweihräuchernde Worte schwätzen? Wie toll meine Begabung ist? Schild der Krieger und so?« Colleen schüttelte den Kopf.

»Also, ich fand das jetzt auch ziemlich wichtig«, brummelte Tio. »Anscheinend haben wir doch noch ein bisschen Arbeit vor uns, bis du dich nicht mehr selbst herabsetzt.«

Colleen, die im schnellen Tempo durch das Tal gehetzt war, blieb plötzlich stehen. »Tio«, sagte sie mit strahlendem Gesicht. »Alice ist zurück. Weißt du, was das bedeutet?«

Tio grinste. »Ja. Alice wird die Anti-Royalisten anführen und Morrigan und den Adel stürzen. Es ist der Anbruch einer neuen Ära.«

Wieder nahm Colleen Tio an der Hand und zog ihn mit sich. »Auf in den Kampf!«, rief sie übermütig.

Sie konnte es kaum erwarten, ihre Freundin zu sehen. Nein, nicht ihre Freundin.

Ihre Königin.

espengeist

Kurzgeschichte

Morgen werde ich sterben.

Das hat mir der Espengeist verraten. Der Geist nennt mir das Datum jedes Mal, wenn ich unter dem Baum liege und dem Rascheln der Blätter im Wind lausche:

»Der zwölfte September achtzehnhundertneunundsiebzig ist dein Todestag, Katie Dunne.«

Beim ersten Mal, als ich es hörte, war ich elf Jahre alt. An einem heißen Sommertag ließ ich mich erschöpft unter der Schatten spendenden Baumkrone in das gelbe Gras fallen, nachdem ich meiner Mutter entkommen und von unserem kleinen Cottage in der Nähe von Leenane in Galway weggelaufen war. Das Blut rauschte laut in meinen Ohren, von der Ohrfeige, die mir meine Mutter verpasst hatte, und deshalb glaubte ich zuerst, ich würde mir das Flüstern nur einbilden. Doch je länger ich dort lag, desto sicherer war ich mir, dass es die Blätter der Espe waren, die mir ein Märchen erzählten. Das Märchen von einem Mädchen, das in Tír na nÓg lebt. Das Mädchen hatte unter der Königin der Anderswelt, Morrigan, leiden müssen, bis es schließlich aus der Sklaverei befreit worden war und nach Tír na nÓg gehen durfte.

Ich liebte solche Geschichten, Geschichten von den Feen, und hatte auch schon mal von Morrigan, der Sidhe-Königin gehört. Ich hatte auch gehört, dass das zitternde Laub der Espen zwischen den Welten vermittelte und Geister so mit lebenden Menschen reden konnten. Ich war empfänglich für so etwas und hatte schon oft übernatürliche Erscheinungen gesehen oder gehört. Irgendwann hatte ich aufgehört, davon zu erzählen, als ich merkte, wie mich andere Leute dabei ansahen. Das hatte dazu geführt, dass ich bald unsicher wurde, ob ich mir nicht doch alles nur einbildete. Ich habe eine sehr ausgeprägte Fantasie.

Zumindest sagt meine Mutter das immer. Na ja, sie sagt, dass ich den Kopf voller Flausen hätte, statt über vernünftige Sachen nachzudenken. Als ich jünger war und jemand eine Bemerkung darüber machte, was für ein bildhübsches Mädchen ich bin, antwortete meine Mutter immer: »Ja, der Herrgott hat sich schon etwas dabei gedacht.« Darauf folgte ein Seufzer, der gleichzeitig Bewunderung für die Voraussicht des lieben Gottes und Enttäuschung über ihre törichte Tochter ausdrückte. »Die würde sonst nie einen Mann abkriegen.«

Meine Mutter hätte sich natürlich nie träumen lassen, dass ich auch ohne Mann gut zurechtkäme und dass mein Sinn für Schönheit und meine »Flausen« mir irgendwann ermöglichen würden, ein Einkommen zu verdienen, auf das alle neidisch waren. Einschließlich meiner Mutter.

Nichtsdestotrotz hatte ich ihren spitzen Tadel so oft gehört, dass mir immer mehr Zweifel kamen, ob meine Geister nicht tatsächlich nur meiner Fantasie entsprangen. Niemand sonst sah sie, also musste es fast so sein, oder? Ähnlich erging es mir auch mit dem Espengeist. Anfangs ging ich oft zur Espe und hörte mir die fantastischen Geschichten an. Ich fand sie wundervoll unterhaltsam, auch wenn die Prophezeiung meines Todes, die unweigerlich dem Ende jeder Geschichte folgte, mich immer mit einem mulmigen Gefühl nach Hause gehen ließ.

Mit vierzehn, fünfzehn ging ich immer weniger dorthin, und es gab Zeiten, in denen ich die Espe jahrelang nicht aufsuchte. Ich hatte herausgefunden, dass ein ordentlicher Schluck Whiskey dafür sorgte, dass die Geister, die ich als Kind so deutlich gesehen hatte, zu einem undeutlichen Flimmern reduziert wurden. Das konnte ich gut ignorieren und bald sah ich tatsächlich kaum mehr übernatürliche Phänomene. Ab und zu packte mich aber die Neugierde und ich wollte wissen, ob der Espengeist noch mit mir sprach. Und nach meinem achtzehnten Geburtstag, als die Warnungen des Espengeists immer dringlicher wurden und mein angeblicher Todestag immer näher rückte, trieb mich meine morbide Faszination desto öfter dazu, die Espe aufzusuchen.

Ich hatte genug Zeit dafür, da ich wenig Arbeit hatte. Es war ein schlimmes Jahr, das als *An Gorta Beag*, die kleine Hungersnot, in die Geschichte Irlands eingehen sollte. Die älteren Leute hatten nur noch zu gut in Erinnerung, wie übel die Hungersnot Ende der vierziger Jahre gewesen war, und es herrschte Panik, dass sich die grausamen Hungertode wiederholen würden. *An Gorta Beag* würde dazu führen, dass der Hass auf die englischen Landlords immer mehr geschürt wurde. Michael Davitt und Charles Stuart Parnell würden die Irish National Land League gründen, um die Situation der armen irischen Pächter zu verbessern. Das war bei uns, auf dem Lande, aber noch kein großes Thema und die Land-War-Erfolge lagen in einer unvorstellbaren Zukunft. In Leenane suchten die Menschen damals ihre Antworten nicht in der Politik, sondern in der Religion. Vor allem, seit wenige Wochen zuvor die heilige Jungfrau Maria, Josef und der Evangelist Johannes in der Kirche zu Knock erschienen waren, waren viele Menschen hier nur noch am Beten, wenn sie nicht ackerten, um Hunger und Zwangsvertreibung entgegenzuwirken. Meine Mutter gehörte zu dieser »Rosenkranz-Fraktion«. Dabei hätte es ihr auch ohne Beten viel besser gehen können.

Einer meiner Brüder war nach dem Tod meines Vaters nach Amerika ausgewandert. Ihm geht es sehr gut dort und er schickt regelmäßig Pakete. Meine Mutter, die wieder geheiratet hatte, nimmt nichts davon an. Vielleicht will sie ihren neuen Mann nicht verärgern, weil das suggerieren würde, dass er für seine Familie nicht sorgen kann. Keine Ahnung. Es sollte mir auch egal sein, aber ich mache mir Sorgen um meine jungen Halbgeschwister. Ich bekomme sie selten zu Gesicht, aber immer wenn ich sie sehe, kommen sie mir kleiner und magerer vor. Zum Zeitpunkt der zweiten Heirat meiner Mutter war ich vierzehn und es wurde beschlossen, dass ich bei meinem älteren Bruder Donal leben und ihm den Haushalt führen sollte, weil er allein nicht zurechtkäme. Das war die offizielle Erklärung und es war mir nur recht. Ich hatte damals, kurz vor der Heirat, gelauscht, als meine Tante Joan zu meiner Mutter sagte:

»Du willst Katie nicht mitnehmen, Orna. Lass sie hier, bei Donal.«

»Wieso?«, hatte mein Mutter erstaunt gefragt. »Sie ist mir keine große Hilfe im Haushalt, aber ein zweites Paar Hände kann ich trotzdem gut gebrauchen.«

»Schau sie dir an. Die schwarzen Haare glänzend wie Seide. Die grauen Augen groß und rund wie Kieselsteine. Die Haut so weiß und glatt wie Sahne. Sie ist eine Versuchung. Die willst du Michael nicht dauernd vor die Augen halten wollen.«

»Sie ist doch noch ein Kind«, hatte meine Mutter verärgert gesagt. »So einer ist Michael nicht.«

»Aber sie wird nur noch hübscher werden«, hatte Tante Joan zu bedenken gegeben. »In ein, zwei Jahren ist sie eine junge Frau und dann …«

Meine Mutter hatte gar nicht mehr geantwortet, aber ich zog nie mit in das Cottage meines Stiefvaters um. Und seit dem Gespräch hatte ich auch immer etwas Angst vor dem Mann, der mich tatsächlich bald mit verhohlener Lust ansah, sodass ich immer weniger zu Besuch kam.

Donal und ich nahmen die Pakete aus Amerika gerne in Empfang. Besonders freute ich mich über bunte Stoffe und abgetragene Kleider, die ich für mich umnähte. Und mein Leben änderte sich, als mir mein Bruder eines Tages eine moderne Singer-Nähmaschine schickte. Ich begann, für andere Leute zu schneidern und hatte somit bald ein gutes Auskommen. Man tuschelte hinter meinem Rücken, das wusste ich, weil man meine bunten, feschen Kleider für pompös und prahlerisch hielt, besonders, weil ich darin eine gute Figur machte. Meine Tante hatte recht gehabt; ich war eine wunderschöne Frau geworden. Ich ging trotzdem, oder gerade deshalb, mit erhobenem Kinn durchs Dorf. Meine Fertigkeiten als Schneiderin wollte man ungeachtet dessen in Anspruch nehmen, und als mein Bruder Donal vor einem Jahr vom Pferd fiel und tödlich verunglückte, machte ich mir keine Sorgen, wie ich meinen Lebensunterhalt bestreiten sollte. Ich wohne seitdem allein in dem weiß getünchten Cottage mit Reetdach, in dem ich aufgewachsen war, und das auf einem Hügel etwas außerhalb des Dorfes stand.

Doch wenn es sich niemand mehr leisten kann, sich einzukleiden, dann sind auch die Dienste einer Schneiderin nicht mehr gefragt. Ich war so gut in meinem Beruf, dass ich ab und zu englische Kunden hatte, aber wenn mein Bruder in Amerika nicht gewesen wäre, dann wäre es auch mir sehr schlecht gegangen, im Jahre 1879.

Heiraten war für mich keine Option. Ich hatte genügend Verehrer, aber die schauten mich entweder lüstern oder gierig an. Sie waren auf meinen Körper oder mein Hab und Gut aus, da war ich mir sicher. Dabei hatten die meisten irischen Bauernsöhne mir gar nichts zu bieten. Ich gebe gerne zu, dass ich mich für etwas Besseres hielt und höhere Ziele hatte.

Irgendwann in dem Jahr, in dem ich die Espe immer häufiger, fast zwanghaft, aufsuchte, wurde mir klar, dass die Todes-Prophezeiung keine Voraussage, sondern eine Warnung war. Der Espengeist, so wurde mir bewusst, will dafür sorgen, dass dieses Schicksal mich nicht ereilt. Das Mädchen aus Tír na nÓg, das durch die Espe mit mir spricht, hat das Ziel, meinen Tod zu verhindern. Seitdem frage ich mich, wieso.

***

Als die rothaarige schwangere Frau vor meiner Tür stand, wusste ich, dass sie eine von *ihnen* war, vor denen mich der Espengeist warnte. Aber sie fragte nach der Schneiderin Dunne und ein Blick auf den schmalen Brotkanten, die paar Einmachgläser Himbeermarmelade, Bohnen und Rüben, das winzige Stückchen Käse und die wenigen Kartoffeln in meiner »Speisekammer« sagten mir, dass ich eine potenzielle Kundin nicht einfach wegschicken konnte.

Misstrauisch machte ich die Tür auf und bat sie herein. Sie war hochgewachsen und trug ihr langes, welliges, flammendrotes Haar offen. Ihre Wangen waren nicht eingefallen und sie hatte ein weißes, regelmäßiges Gebiss. Ihr gesundes Aussehen und ihre gepflegte Erscheinung hätten mir sagen können, dass diese Frau keinen Hunger litt, aber ich entnahm das ihrer Kleidung, weil der mein erster Blick galt. Der kastanienbraune Samtstoff, der sich über ihrem Bauch spannte, sah teuer aus und die Spitze am Hals war filigran. Ich hatte sie für eine Engländerin gehalten, aber zu meiner Überraschung sprach sie Irisch und auch noch mit Connemara-Akzent, als sie sich als Bridget Cleary vorstellte.

»Ich bin auf der Durchreise und mir ist zu Ohren gekommen, dass Sie Ihr Handwerk gut verstehen. Das Kleid einer Bekannten hat mich davon überzeugt. Ich wünsche, dass Sie mir ein Kleid aus diesem Stoff schneidern.«

Sie zog einen edlen mitternachtsblauen Seidenstoff aus der Tasche und mir stockte der Atem. Sie hielt ihn mir hin und ich streckte die Hand danach aus. Ich zögerte für einen Moment, die Warnungen des Espengeists im Ohr, aber die Versuchung war einfach zu groß. Ein Seufzer entwich meiner Kehle, als ich über den vornehm kühlen, dunkel glänzenden Stoff streichelte. Stoff, den ich bislang nur in meinen kühnsten Träumen unter der Nadel gehabt hatte, denn die Leute hier konnten sich so etwas ganz sicher nicht leisten.

Meine Augen waren bestimmt so groß wie Teller, als ich sie endlich von dem Stoff losreißen konnte und die Frau ansah. Der weite Mund war zu einem spöttischen, schiefen Lächeln verzogen und die blauen Augen funkelten interessiert. Ich schluckte, bevor ich Mrs Cleary bat, Platz zu nehmen. Sie setzte sich an den grob gezimmerten Holztisch. Ich hatte das ungute Gefühl, dass mich diese Frau am Haken hatte, aber ich konnte nicht anders, als den Köder zu schlucken. Als sie mir sagte, wie viel sie für das Kleid zu bezahlen gedachte, beruhigte sich mein ungleichmäßiger Pulsschlag ein wenig und ich ließ mich auf den anderen Stuhl fallen. Ich musste kein schlechtes Gewissen haben, denn einen solchen Auftrag konnte ich momentan nicht ablehnen, egal wie übel gesinnt mir die Frau laut dem Espengeist auch sein mochte.

Und, sagte ich mir, als ich uns eine Kanne Tee machte, warum sollte mir diese Fremde auch etwas antun wollen? Mehr noch, was für einen Schaden konnte es anrichten, wenn ich ihr ein Kleid schneiderte? Ich schüttelte jeden Zweifel ab, als ich das Teegeschirr auf den Tisch stellte, Mrs Cleary anlächelte und sie nach dem Schnitt für das Kleid fragte. Ich nicke, als sie erklärte, dass der Rock schmal sein sollte. Auch einige meiner englischen Kundinnen hatten schon den Wunsch geäußert, dass ihre Kleider dieser neuesten Mode entsprechen sollten. Ich wurde immer begeisterter, als ich mir vor meinem inneren Auge das traumhafte Kleid vorstellte. Noch nie hatte ich die Gelegenheit bekommen, so etwas zu schneidern und konnte es kaum abwarten, mich an meine geliebte Nähmaschine zu setzen.

Als Mrs Cleary von elfenbeinfarbenen Spitzenvolants sprach, sprang ich auf und lief in den angrenzenden kleinen Raum, der mir als Schlafzimmer diente. In einer Kiste unter dem Bett bewahre ich Stoff- und Spitzenreste auf. Darunter war auch ein Stück wunderschöne Spitze, die meine Schwägerin in Amerika selber geklöppelt hatte. Natürlich hätte ich versuchen können, sie zu verkaufen, aber ich hatte mich einfach noch nicht von ihr trennen können. Ich hatte immer das Gefühl gehabt, dass ich sie für etwas Besonderes aufheben musste. Jetzt war ich mir sicher, dass es dieses Kleid war. Aufgeregt kam ich mit der Spitze zurück und legte sie an meine Wange, bevor ich sie Bridget Cleary reiche. Sie nickte. »Perfekt«, sagte sie und machte mir ein Angebot dafür.

Zufrieden tranken wir von unserem Tee. Die Dame gab mir einen Zettel, auf dem ihre Maße standen. Ich warf einen Blick darauf und schaute ihr verwundert ins Gesicht, dann auf ihren Bauch. »Für danach«, sagte sie lächelnd und streichelte über die runde Kugel. Das ergab Sinn. Schließlich würde es sich nicht lohnen, dieses besondere Kleid schneidern zu lassen, wenn man es nur für kurze Zeit tragen konnte.

Nachdem wir alles besprochen und einen Termin für eine erste Anprobe ausgemacht hatten, verabschiedete sich die Frau. Das ungute Gefühl kam zurück, nachdem ich die Tür hinter ihr zugemacht hatte. Ich ging ins Schlafzimmer, wo der blaue Stoff auf dem Bett lag.

Bridget Cleary und ihr Kleid mochten mein Tod sein, dachte ich, als ich mich aufs Bett fallen ließ und über den Stoff strich. Aber als er sich vor meinem inneren Auge in ein wunderschönes blaues Seidenkleid verwandelte, konnte ich mir keinen schöneren Abschied vorstellen. Wenn es ein Kleid gab, für das es sich zu sterben lohnte, dann dieses.

***

Am nächsten Tag wachte ich mit Bauchschmerzen auf. Ich nahm an, dass ein schlechtes Gewissen die Ursache dafür war und kleidete mich nachlässig an, bevor ich noch barfuß aus dem Haus trat, den Hügel hinunterlief und durch den Hain bis zur Espe rannte. Ich warf mich ins Gras, schaute nach oben und kniff die Augen zusammen. Die Morgensonne, deren Strahlen durch die Äste gefiltert wurden, tat in meinen Augen weh. Ich knetete mit den Fingern meinen schmerzenden Bauch und erzählte der Espe von Bridget Clearys Besuch.

Die ganze Espe fing an zu zittern, vom Stamm bis zu den Blättern, und ich zuckte zusammen, als ein spitzer Schrei in meinen Ohren schrillte. Ich richtete mich schnell auf und schaute mich um.

Meine Ahnung wurde bestätigt, denn ich sah niemanden. Es war die Espe, die diesen Laut von sich gegeben hatte. Ängstlich schaute ich wieder in Richtung Baumkrone.

»Es tut mir leid«, sagte ich kleinlaut. »Aber das Kleid, das ich ihr schneidern soll, es …« Ich schluckte, weil ich wusste, wie unbedeutend und oberflächlich es sich anhörte, fuhr dann aber entschlossen fort. »Es ist ein Traum. Es mag dir nicht wie ein großer Traum vorkommen, aber für mich ist es das. Ich träume nicht von vielen

Dingen. Und außerdem verdiene ich so mein Geld. Wie die Dinge im Moment stehen, kann ich es mir nicht leisten, einen solch lukrativen Auftrag abzulehnen.«

»Es wird dein letzter Auftrag sein, Katie Dunne«, sagte der Espengeist. Ich starrte die Blätter mit offenem Mund an. Der Espengeist hatte schon oft mit mir geredet und ich hatte auch schon mal was zu ihm gesagt. Aber er hatte noch nie so ... mit mir ... kommuniziert. Es hatte noch nie einen Dialog zwischen uns gegeben. Konnte er etwa meine Fragen beantworten? »Wieso? Was genau wird passieren?«, sprudelte es aus mir heraus. »Erzähl mir genau, was geschehen wird, und dann kann ich es verhindern, oder nicht?«

Gebannt lauschte ich, in der Hoffnung, dass mir der Geist des Mädchens aus Tír na nÓg eine konkrete Antwort geben würde. Vergessen waren die Bauchschmerzen.

Ein Windstoß ging durch die Baumkrone und es hörte sich an, als würde die Espe wehmütig seufzen. Ich wartete ungeduldig und dachte schon, dass der Espengeist nichts mehr sagen würde, als die traurige Stimme erklang: »Ich befürchte, es ist schon zu spät. Ich hatte gehofft, wenn ich dir die Geschichten der Sidhe erzählen würde, dann erkennst du, wenn die Schwester der Feenkönigin dir einen Besuch abstattet.«

Ich runzelte die Stirn, als ich mich zu erinnern versuchte. »Macha?«, fragte ich. »Das war Macha?« Ich wusste noch, dass Morrigans Schwester sich in der Menschenwelt aufhält, um hier Sidhe-Angelegenheiten zu regeln. Dass sie ihrer Schwester damit irgendwie hilft. Wie genau, war eher schleierhaft geblieben. Ich wusste, dass es etwas mit den Wechselkindern zu tun hat. Sidhe, so erinnerte ich mich, können nur als Menschen sterben. Sie werden als Menschen wiedergeboren und ihre Seele lebt im Körper dieses armen Menschen, bis dieser stirbt.

Dass es Wechselkinder gibt, war nichts Neues für mich gewesen, als mir der Espengeist davon erzählt hatte. Das wusste in Irland jeder und es war so sehr in unserer Realität verankert, dass es kaum als Aberglaube galt. Neu war für mich aber, dass auch der Mensch weiterhin in dem Körper lebt. Es herrschte sonst allgemein der Glaube, dass der Mensch in die Anderswelt entführt wurde und der Sidhe an seiner statt in der Menschenwelt lebte. Man erkannte diesen daran, dass er anders aussah und sich anders verhielt. Aus einem hübschen, gesunden Kind beispielsweise wurde ein hässlicher, kranker Säugling. Und die Menschen hier wissen sich zu helfen, wenn sie so ein Schicksal ereilt. Es gilt nicht als Verbrechen, denn es ist ja nicht ihr Kind, das man aussetzt. Es passiert meist Kindern, aber wenn Erwachsene von »Feen geholt werden«, dann hilft oft ein sogenannter Feen-Doktor oder eine Weise Frau, um den Sidhe zurück in die Anderswelt zu schicken und den Menschen wieder zurückzuholen.

Wenn ich die Geschichten des Espengeistes richtig verstanden hatte, dann hilft Macha dabei, dass diese »Wechsel« richtig ablaufen und die Sidhe über die Menschen die Oberhand behalten. Eine dunkle Ahnung befiel mich. »Was hätte Macha mit mir zu schaffen? Ich bin doch kein Wechselkind, oder?«

Es würde einiges erklären, aber wenn eine Sidhe-Seele in mir wohnen würde, hätte ich davon doch längst etwas gemerkt, oder nicht? Und wieso hatte der Espengeist mir bislang nichts davon gesagt? Das wäre doch wohl um einiges relevanter in meinem Leben gewesen, als meinen Todestag zu wissen.

Wieder seufzte die Espe. »Es ist zu spät«, wiederholte die Stimme. »Macha hat schon dafür gesorgt, dass das Schicksal seinen Lauf nimmt. Das Gift wird dich von innen zerfressen.«

Unwillkürlich griff ich mir an den Bauch. »Das Gift? Aber …«, stotterte ich. Die schrecklichen Schmerzen hatten nichts mit meinem seelischen Zustand zu tun, ging mir auf. Sie hatten eine rein körperliche Ursache. »Bridget Cleary … ich meine Macha … hat mich *vergiftet*? Wie …?«, hauchte ich verwirrt. Doch in dem Moment, in dem ich die Frage stellte, wusste ich es schon. Der Tee. Sie musste mir etwas in den Tee getan haben, als ich die Spitze geholt hatte.

»Was kann ich tun?«, fragte ich die Espe. Sie antwortete nicht und ich rief verzweifelt: »Komm schon. Du hast mir meinen Todestag genannt, weil du mich warnen wolltest, nicht wahr? Du möchtest verhindern, dass ich dann sterbe. Also hilf mir. Es kann doch nicht jetzt schon spät sein. Es muss doch etwas geben, jemanden geben …« Schweigen. »Hilf mir!«, rief ich verzweifelt.

»Geh zu der Weisen Frau in Aasleagh. Sie kann dir ein Gegengift geben. Ich werde dafür sorgen, dass sie weiß, was sie dir verabreichen muss.«

Ich nickte und fragte ungeduldig: »Warum? Warum will Macha mich töten?«

Aber der Espengeist schwieg. Ich wiederholte die Frage mehrmals, doch es wurde urplötzlich so unheimlich windstill, dass sich die Blätter nicht einen Millimeter mehr bewegten. Als ich mich vor Schmerzen krümmte, stolperte ich zu meinem Cottage zurück und zog mich richtig an. Dann machte ich mich unverzüglich auf den Weg nach Aasleagh. Normalerweise dauert der Weg am Killary Harbour Fjord entlang keine Stunde, aber ich brauchte gute drei Stunden mit mehreren Unterbrechungen, bis ich völlig erschöpft in Aasleagh ankam. Die Ortschaft besteht nur aus verstreuten Hütten um den Wasserfall, aber ich wusste, wo die Weise Frau wohnt. Sie machte mir schon die Tür auf, bevor ich klopfen konnte, und musterte mich von oben bis unten. Der Schweiß stand mir auf der Stirn und ich bekam kaum Luft. Immer wieder musste ich mich krümmen, wenn ich von Bauchkrämpfen geschüttelt wurde.

Die dunklen Augen in dem hageren Gesicht schauten mich besorgt an. Als ich etwas sagen wollte, legte die Frau den Finger auf ihre Lippen und winkte mich herein. Ich begriff: Sie wollte meine Anwesenheit nicht bestätigen, weil sie sich fürchtete. Einer mächtigen Sidhe wie Macha ins Handwerk zu pfuschen war gefährlich für die Weise Frau. Sie half mir trotzdem und setzte einen Kräutersud auf, während ich in den Sessel vor der Feuerstelle sank. Meine Fantasie spielte mir einen Streich, als ich in den Flammen das Bild eines Kleides sah. Das Kleid – oder eine Frau ohne Kopf und Füße – tanzte wie die flackernden orangeroten Flammen, so als ob mich dieses Bild verhöhnen wollte. In meiner Pein warf ich den Kopf hin und her, griff mir an den Bauch und klagte mein Leid. Ich ließ mich erst wieder beruhigen, als die Weise Frau leise auf mich einredete und mir die Tasse mit dem Kräutersud an die Lippen hielt.

»Reiß dich zusammen, Katie«, sagte ich zu mir. »Du halluzinierst. Das und die Schmerzen werden aufhören, wenn du das Gegengift trinkst.«

Die Medizin war so bitter, dass sie mir fast wieder hochkam, aber ich zwang mich dazu, sie bei mir zu behalten. Ich schüttelte mich, schloss die Augen und atmete durch die Nase.

Als ich die Augen wieder aufmachte, fühlte ich mich ein bisschen besser. Die Weise Frau brachte mir Brot und Stew, aber ich konnte nur sehr wenig zu mir nehmen. Ich reichte ihr den halbvollen Teller mit einem dankbaren Lächeln zurück, doch sie zeigte nur auf die Tür. Ich nickte. Bevor ich ging, drückte sie mir eine Dose in die Hand. Ich machte den Deckel auf und schaute hinein. Es waren Kräuter. Dem Geruch nach zu urteilen, die Gleichen wie in dem Sud, den ich gerade getrunken hatte. Für Tee, den ich weiterhin trinken sollte, nahm ich an.

»Drei Mal am Tag einen Löffel«, murmelte die Weise Frau und schubste mich zur Tür hinaus. Als ich endlich wieder daheim ankam, waren die Schmerzen fast schon wieder so schlimm wie zuvor. Ich machte mir noch einen Tee und legte mich ins Bett. Der blaue Stoff und die elfenbeinfarbene Spitze lagen immer noch in meinem Schlafzimmer und als ich mich jetzt unter Schmerzen zwischen den Laken krümmte, stellte ich den ironischen Umstand fest, dass es in der Tat der kostbarste und teuerste Stoff war, den ich je verarbeiten würde, wenn der Preis dafür mein eigenes Leben sein sollte.

***

Wenn ich schon einen so hohen Preis dafür zahlen musste, dachte ich am nächsten Tag, dann sollte er seine Bestimmung auch erfüllen und das schönste Kleid werden, das ich je geschneidert hatte. Ich machte mich unter Schmerzen an die Arbeit.

Die Kräuter der Weisen Frau schienen etwas dabei zu helfen, das

Gift in meinem Körper in Schach zu halten, aber meine Kräfte schwanden dennoch. Die Schmerzen waren weiterhin stark und meine lichtempfindlichen Augen streikten häufig beim Nähen. Ich bemühte mich, ausreichend Nahrung zu mir zu nehmen, aber ich hatte kaum Appetit. Ich hatte nicht genug Energie, um das Haus zu verlassen, geschweige denn zur Espe zu laufen.

Die folgenden Tage verschwammen, da ich nichts anderes machte, als zu leiden, mich zu erholen und zu arbeiten, aber als der Tag kam, an dem Bridget Cleary für eine erste Anprobe vorbeikommen sollte, hatte ich das Kleid zu meiner Zufriedenheit im Großen und Ganzen fertiggeschneidert.

Als sie klopfte, hatte ich Angst, aber ich schleppte mich zur Tür und öffnete sie hocherhobenen Hauptes. Sie war eindeutig erstaunt, als sie mich sah. Ich nahm an, dass sie erwartet hatte, dass mich das Gift schon dahingerafft hatte. Doch dann musterte sie mich mit fast amüsiertem Blick. »Sie sehen nicht gut aus, Miss Dunne. Sind Sie krank?«

Ich wusste, dass ich bleich und abgemagert war. Aber das Wichtigste war, dass mein Körper kämpfte. Und ich würde ihr nicht die Gelegenheit geben, mir noch mal etwas anzutun. Ich würde aufpassen wie ein Luchs. »Ja, aber das tut nichts zur Sache«, meinte ich und versuchte, selbstbewusst zu klingen. »Ich habe Ihr Kleid so weit fertig.«

»Tatsächlich?«, meinte sie mit einer hochgezogenen Augenbraue und trat ein, als ich beiseitetrat.

Ich deutete auf das Kleid, das in seiner ganzen Pracht über einen Stuhl drapiert war.

Macha nickte anerkennend und ging darauf zu.

»Mit der Anprobe wird das wohl etwas schwierig.« Mein Blick wanderte zu ihrem Bauch. »Sie sind immer noch schwanger. Ich nehme an, Sie hatten erwartet, dass … es schon vorbei wäre?«

»So kann man es ausdrücken.« Macha lächelte spöttisch.

Ich sagte nichts, schaute sie nur herausfordernd an. Sie hielt meinem Blick stand und sagte schließlich: »Aber das macht nichts. Es ist nur eine Frage der Zeit. Es wird passieren. Das ist der natürliche Lauf der Dinge.« Sie schwieg einen Moment, nickte dann und zeigte auf das Kleid.

»Es ist wunderschön. Ich bin mir sicher, es wird passen. Stellen Sie es fertig und ich komme in fünf Tagen vorbei, um es abzuholen.«

Nachdem ich die Tür hinter ihr zugeschlagen hatte, holte ich tief Luft. Ich war mir gar nicht bewusst gewesen, dass ich meinen Atem angehalten hatte. Ich ging zu der Dose mit den Kräutern und machte mir einen Tee, den ich mit zittrigen Händen trank, bevor ich mich hinlegte. Ich konnte das Gefühl nicht abschütteln, dass mir das Schicksal einen Aufschub gewährt hatte.

Einen Aufschub von fünf Tagen. Mit einem Ruck setzte ich mich im Bett auf, als mir klar wurde, welches Datum wir hatten. In fünf Tagen würde der zwölfte September sein. Mein prophezeiter Todestag.

***

Ich arbeitete weiter an dem Kleid und an meiner Genesung. Ich schöpfte Hoffnung, dass ich mich tatsächlich wieder erholen würde, als ich mich zwei Tage nach Machas Besuch wieder gesund genug fühlte, ein paar Schritte um mein Cottage herumzuspazieren. Die frische Luft tat gut und ich wagte mich den Hügel hinunter. Als ich nach Atem ringend wieder hinauf zum Haus ging, fragte ich mich allerdings, ob ich es nicht übertrieben hatte. So beschäftigt war ich damit, dass ich meinen Besuch erst gar nicht bemerkte.

»Katie? Bist du das?«, hörte ich eine verwunderte Stimme.

Mühselig richtete ich mich auf, immer noch die stechenden Seiten haltend. Meine Mutter.

»Hallo«, begrüßte ich sie überrascht. »Was machst du denn hier?«

Ich musste mich setzen und sank auf die kleine Bank vor dem Cottage, von der aus man einen schönen Ausblick auf die Umgebung hatte. Den konnte ich aber jetzt gerade nicht genießen, denn das Licht tat so in meinen Augen weh, dass ich sie zusammenkneifen musste. Ich würde gleich hineingehen, in die dunkle Hütte, sobald ich mich ausgeruht hatte.

»Bist du krank?« Meine Mutter setzte sich neben mich. »Ich hab dich kaum erkannt.«

Ich seufzte. »Ja … es … es ist nicht der Rede wert, Mutter. Ich bin schon auf dem Wege der Besserung.«

»So sieht mir das aber nicht aus. Die Frau hatte recht … Du scheinst wie ausgewechselt.«

Mein Kopf schoss herum. »Welche Frau?«

»Eine feine Dame, die sich ein Kleid von dir hat nähen lassen. Sie hat sich Sorgen gemacht, als sie dich das letzte Mal gesehen hat, und war so gut, sich nach deinen Verwandten zu erkundigen. Sie hat mir einen Besuch abgestattet und mir gesagt, dass sie deinetwegen sehr beunruhigt ist.«

»Mutter, du hast sie ins Haus gelassen?«, rief ich entsetzt.

»Ja, natürlich«, antwortete sie verdutzt. »Sie war eine sehr freundliche, wohltätige Dame. Sie hat uns einen riesigen Pie mitgebracht, von dem Michael, ich und die Kinder drei Tage etwas hatten.«

»Ihr habt davon gegessen … O Gott, geht es euch gut? Die Kinder …« Ich packte sie am Arm.

Meine Mutter zuckte zurück. »Lass mich los, du tust mir weh.«

»Tut mir leid …« Ich ließ sie los. »Aber … ist jemand krank geworden?«

»Krank? Von dem Pie? Natürlich nicht. Er hat sehr gut geschmeckt. Aber was tut das zur Sache? Es geht darum, dass die nette Dame sich Sorgen um dich gemacht hat, und sie hatte recht, wie ich sehe.«

»Es ist wirklich nichts, Mutter. Du musst dir keine Gedanken um mich machen.« Irgendwie gefiel es mir aber, dass sie es tat und extra hierhergekommen war, um sich meines Gesundheitszustandes zu vergewissern. »Mir geht es bestimmt bald besser, du wirst schon sehen.«

»Hmm.« Sie sah mich mit schmalen Augen kritisch an. Irgendetwas schien sie zu erschrecken, denn plötzlich riss sie die Augen auf und sprang auf. »Ich … ich muss jetzt gehen.«

»Okay …«, entgegnete ich verwirrt.

»Gute … gute Besserung«, stotterte sie und eilte hinfort.

Verwundert schaute ich ihr nach. Wieso hatte Macha meine Mutter über meinen Zustand informiert, wenn sie mir feindlich gesinnt war? Ich musste mich fragen, ob der Espengeist recht hatte und nahm mir vor, die Espe zu besuchen, sobald es mir wieder gut genug ging.

***

Dazu kam ich aber gar nicht, weil zwei Tage später, gerade, als ich mich auf den Weg zur Espe machen wollte, mehrere Leute vor meiner Tür standen. Meine Mutter, mein Stiefvater Michael und Seamus Ryan, ein bekannter Feen-Doktor.

Verwirrt sah ich in ihre Gesichter.

Michael sog scharf die Luft ein und trat einen Schritt zurück. »Himmel! Du hattest recht, Orna. Das ist nicht Katie.«

Ich schüttelte den Kopf. »Wa … Was?«

Mein Besuch drängte sich an mir vorbei in die Hütte. Mr Ryan packte etwas aus einer Tasche aus und zu meinem Erstaunen sah ich, dass es Marmeladenbrote waren. Bevor ich michs versah, hatte meine Mutter mich auf einen Stuhl gedrückt. Mr Ryan schnitt das Brot in drei Stücke. Mein Magen grummelte – ich hatte wieder mehr Appetit, meine Vorräte waren aber zur Neige gegangen. Ich wehrte mich nicht, als mir der Feen-Doktor ein Stück Brot in den Mund steckte, kaute schnell und schluckte es herunter. »Im Namen Gottes, des Herrn, wer bist du?«, fragte Mr Ryan mich.

»Häh? Ich bin Katie Dunne, Mr Ryan, das wissen Sie doch.«

Der Mann tat, als hätte er mich nicht gehört. Wieder gab er mir ein Stück Brot. Diesmal zögerte ich, bevor ich es in den Mund steckte, kaute und langsam schluckte. »Im Namen Gottes, des Herrn, wer bist du?«

»Katie Dunne«, rief ich frustriert.

Seamus Ryan nickte meiner Mutter zu, die mir einen Handspiegel vor die Nase hielt. Ich erschrak selber vor meinem Anblick. Meine Wangen waren eingefallen, ich wirkte hager, meine Haut war bläulich blass und mein Haar stumpf.

Wieder gab mir Mr Ryan ein Stück Brot. Ich schüttelte den Kopf und schaute zu meiner Mutter hoch. »Mama?«, fragte ich kläglich. »Was hat das zu bedeuten?«

Sie hatte ihren Mund zu einer dünnen Linie zusammengepresst und wich meinem Blick aus.

»Nimm die Hostie, Katie«, sagte Michael.

Ich schob den Stuhl zurück und sprang auf. Abwehrend hielt ich die Hand hoch. »Ich will nicht, ich will wissen, was …«

Bevor ich zu Ende reden konnte, hatte mich mein Stiefvater zu Boden gerissen und der Feen-Doktor war auf mir. Er stopfte mir das Brot in den Mund und hielt seine Hand über meine Lippen, sodass ich keine andere Wahl hatte, als zu kauen und zu schlucken. Ich warf den Kopf auf dem Holzfußboden hin und her, aber Mr Ryan hatte mich fest im Griff.

»Ist es unten?«, rief Michael aufgeregt.

Mr Ryan nahm seine Hände weg. »Mund auf«, befahl er.

Ich öffnete den Mund, um ihm zu zeigen, dass ich das Brot geschluckt hatte. Tränen quollen mir aus den Augen und mein Blick ging zu meiner Mutter, die über mir stand, die Arme vor der Brust verschränkt, die Augen abgewendet.

»Im Namen Gottes, des Herrn, wer bist du?«, fragte der Feen-Doktor wieder beharrlich und ich flüsterte: »Katie Dunne?«, bevor ich von Schluchzern geschüttelt wurde.

Mr Ryan seufzte und stand auf. »Du hattest recht, Orna, und sie hat es jetzt drei Mal geleugnet.«

Die drei schauten auf mich herunter, während ich mich unter Schmerzen und Schluchzern auf dem Boden wand.

Ich hörte, wie meine Mutter den Feen-Doktor fragte: »Können wir etwas tun, Seamus? Ist meine Tochter noch zu retten?«

»Sie wird wiederkommen, wenn wir diese Fee hier vertrieben haben, Orna. Keine Sorge, ich habe Medizin dafür mitgebracht.«

***

Nachdem man mich gezwungen hatte, eine in Milch gekochte Kräutermischung zu trinken, nach der die Bauchschmerzen wieder schlimmer wurden und nachdem man mich mit Pferdeurin besprenkelt und mir ein Amulett gegeben wurde, hatte man sich von mir verabschiedet.

»Morgen kommen wir wieder«, hatte Mr. Ryan gesagt. »Gehe hinfort und siehe zu, dass Katie Dunne aus dem Feenhügel zurückkehrt, auf dem dieses Haus steht. Sonst werden wir zu ganz anderen Mitteln greifen müssen, damit sie wieder heimkommt.«

Nachdem sie gegangen waren, nahm ich etwas von der Medizin, die mir die Weise Frau gegeben hatte. Doch die Schmerzen waren immer noch schlimm. Aber ich wusste, ich musste zur Espe gehen, auch wenn es mich meine restliche Kraft kosten würde. Der Espengeist war meine letzte Rettung und mir eine Erklärung schuldig.

***

So stehe ich also unter dem Baum und flehe ihn an, mit mir zu reden. Mir klar und deutlich zu sagen, was passieren wird und warum.

Aber das Rascheln der Blätter im Wind ist nur das: ein Rascheln. Ich versuche erfolglos, die Tränen wegzublinzeln. Wütend und frustriert verfluche ich den Espengeist dafür, dass er mich aufgegeben hat. Als ich die verschwommene Gestalt zu mir herunterschweben sehe, halte ich sie erst für eine optische Täuschung des Sonnenlichts, gebrochen durch meine Tränen. Doch als ich mir über die Augen wische, ist sie immer noch da. Sie schwebt unter der Baumkrone und sieht aus wie ich. Ich meine damit nicht, dass sie mein Ebenbild ist, so als ob ich in den Spiegel schaue, sondern dass sie mir sehr ähnlich sieht. Sie ist hübsch, etwa in meinem Alter, hat ebenfalls dunkle lange Haare und graue Augen.

»Wer bist du?«, flüstere ich.

»Die bessere Frage ist, wer du bist«, antwortet das Mädchen und ich erkenne die Stimme als die, die all die Jahre zu mir durch die Blätter gesprochen hat.

Ich blinzle wieder und erkenne, dass die Gestalt über mir leicht flimmert, wie es die Erscheinungen in meiner Kindheit immer getan hatten, die außer mir niemand sah.

»Wer ich bin?«, wiederhole ich und werde immer verärgerter, weil es mich an die Prozedur des Feen-Doktors erinnert. »Ich bin Katie Dunne, verdammt noch mal, und wage es ja nicht, mich noch mal zu fragen. Ich bin keine Fee.« Ich stampfe frustriert mit dem Fuß auf.

»Ja und nein«, antwortet das Mädchen ungerührt. »Du bist Katie Dunne, aber du bist auch eine Fee. Ich habe dir doch schon erklärt, dass die Menschen im Irrtum sind, wenn sie glauben, dass tatsächliche Wechsel stattfinden. Ja, Menschen können von den Feen in die Anderswelt geholt werden. Aber das ist eine andere Geschichte. Und ja, Feen übernehmen sozusagen Menschenkörper, aber das heißt nicht, dass der Mensch selber nicht mehr in dem Körper wohnt. Und in deinem Körper, Katie, schlummert nicht nur deine Seele, sondern auch die Seele einer Sidhe.«

Ich schüttle verärgert den Kopf. »Und diese Macha hat das verursacht, als sie mir das Gift gegeben hat? Ich dachte, das sollte mich krank machen, damit ich sterbe. Aber wieso? Das Ganze ergibt doch keinen Sinn …«

»Nein«, unterbricht mich der Espengeist. »Die Sidhe ist schon seit deiner Geburt in dir drin. Und Macha wollte dafür sorgen, dass du stirbst, weil dann das Menschenleben der Sidhe vorbei ist.«

Ich runzle die Stirn. »Aber hast du nicht erzählt, dass Sidhe in Menschen wiedergeboren werden, damit sie eines natürlichen Todes sterben? Wieso muss Macha da nachhelfen? Wieso will sie, dass ich jetzt schon sterbe?«

Ich konzentriere mich darauf, weil ich über den anderen Aspekt, dass schon immer ein Teil von mir eine Fee gewesen ist, nicht nachdenken möchte. Ich möchte den Gedanken daran gar nicht erst zulassen, weil ich sonst ziemlich sicher zugeben müsste, dass das wahrscheinlich ist. Dass es eine Erklärung wäre für mein Anderssein, das ich schon mein ganzes Leben gespürt habe – das auch meine Mutter und andere Leute im Dorf gespürt haben.

»Weil es eine ganz besondere Fee ist, die in dir lebt, Katie«, seufzt das Mädchen. »Die Königin der Sidhe, die Regentin der Anderswelt: Morrigan.«

Mit offenem Mund starre ich sie an und sie erklärt mir, was es mit dem Volk der Danu und mit Morrigan auf sich hat.

Vor vielen, vielen Jahren lebte einmal ein Volk auf Erden, das sich Túatha Dé Danann, das Volk der Danu nannte. Nachdem es von einem anderen Volk besiegt worden war, wurde es in die Anderswelt verbannt. Die Göttin Danu liebte ihr Volk aber zu sehr, um es untergehen zu lassen. Deshalb ermöglichte sie ihnen das Weiterleben in der Anderswelt und sorgte für eine Art symbiotische Beziehung zwischen den Welten. Die Anderswelt ist auf gewisse Weise ein Spiegel der Menschenwelt, aber ein entscheidender Unterschied ist, dass die dort lebenden Sidhe viel weniger fruchtbar sind als die Menschen auf der Erde. Sie beschloss, dass die Sidhe eine bestimmte Zeit lang theoretisch unsterblich sein sollten, bis sich das Volk in der Anderswelt sozusagen akklimatisieren würde und genug Sidhe lebten, um den langzeitigen Fortbestand zu sichern. Diese Periode ist das Zeitalter der Eichenzeit, in dem Morrigan als Königin regiert. Dennoch musste für ein Gleichgewicht gesorgt werden, für das Morrigan die Verantwortung hat. Ältere Sidhe können freiwillig in den Tod gehen. Dafür brauchen sie die Menschen, denn nur in Menscheninkarnation können sie ein letztes Leben auf Erden leben und dann so mit ihnen sterben. Menschen- und Sidheseele erhalten damit sofortigen Zugang zu Tír na nÓg und einen speziellen Platz dort. Morrigan wurde das Geheimnis von Leben und Tod anvertraut. Leben und Tod in der Menschen- und in der Anderswelt sind ein Zyklus, der sich immer nach bestimmten Regeln erneuern muss, damit ein Gleichgewicht aufrechterhalten wird. Morrigan selber repräsentiert diesen Zyklus, indem sie immer wieder als Mensch reinkarniert wird, ein Menschenleben lebt, um dann auf der Schwelle des Todes kehrtzumachen und wieder in die Anderswelt zu gehen. Dort verbringt sie die Zeit bis zum Ende des vorhergesagten Lebensabends des Menschen in dessen Gestalt. Die Menschenseele liefert sie zu dem Zeitpunkt dann selber in Tír na nÓg ab. Der Zyklus musste eingehalten werden, damit alles so fortbestehen kann. Bringt sie ihre Menschenseele einmal nicht rechtzeitig nach Tír na nÓg, dann ist das Eichenzeitalter zu Ende und die Sidhe – und auch Morrigan – werden sterblich.

Morrigan nimmt gerne die Gestalt eines jungen Mädchens an und sorgt für ihren frühen Tod, damit sie der Rest der Lebenszeit, die dem Mädchen eigentlich vergönnt gewesen wäre, in dieser schönen Gestalt in der Anderswelt leben kann. Es ist immer das schönste schwarzhaarige Mädchen, das für ihre Reinkarnation bestimmt ist. Allerdings darf sich Morrigan nicht selber umbringen. Macha ist auf Erden, um Morrigan zu beschützen und für diesen Tod zu sorgen. Die Schwangerschaft sorgt dafür, dass sie besondere magische Kräfte hat, um nachzuhelfen.

In meinem Fall sollte sie mich eigentlich vergiften. Aber als ich dem entgegengewirkt hatte, hat sie sich einen noch perfideren Plan ausgedacht. Meine Eltern sollten mich tatsächlich für eine Fee halten und entsprechende Maßnahmen einleiten. Sie musste dafür gar keine große Magie aufwenden. Nur ein paar Halluzinogene in dem Pie, den sie meinen Eltern mitgebracht hatte, die mich noch ein kleines bisschen mehr wie eine Fremde aussehen lassen würden. Für andere reichte schon, dass ich durch meine Krankheit nicht mehr schön und vital wirkte. Es herrschte schließlich im Moment genau die richtige Atmosphäre für eine solche Täuschung. Wenn den Dörflern zu Ohren kommen würde, dass sie das Böse in ihrer Mitte hatten, dann würden sie nicht lange fackeln, dieses Böse zu vertreiben. Schließlich konnte es sehr gut sein, dass sie mit solchen guten Taten Gottes Gnade erlangen und auch der Hungersnot gegensteuern würden.

Als der Espengeist die Erklärung beendet, bin ich längst zu Boden gesunken. Wie eine schwere Last liegt die Geschichte auf mir und ich schaffe es nicht, mich aufzuraffen und fortzulaufen, was ich am liebsten gemacht hätte. Kann ich glauben, was mir dieses Mädchen aus einer anderen Welt erzählt? Mir wird schlecht beim Gedanken, dass mich zeitlebens eine Fremde sozusagen besessen hat. Dass ich nie allein mit mir war. Waren alle Entscheidungen in meinem Leben meine eigenen? War ich überhaupt *ich*?

Alles in meinem Kopf dreht sich, als ich darüber nachdenke, und ein kleiner Teil von mir fühlt, dass meine Eltern, Seamus Ryan und die Dörfler recht haben, wenn sie das Böse in mir vertreiben wollen. Aber wenn sie das Böse vernichten, würde keine Katie Dunne fröhlich aus der Anderswelt unter dem Feenhügel zurückkehren. Wenn sie die Fee töten, dann töten sie auch mich.

»Katie!«, ruft das Mädchen, so als ob es schon mehrere Male versucht hat, meine Aufmerksamkeit zu erlangen. Nur schwer reiße ich mich aus meinen morbiden Gedanken. »Bitte konzentrier dich. Ich habe nicht viel Zeit. Es kostet mich viel Kraft und Energie, mich dir hier zu zeigen, damit du mir Glauben schenken kannst. Ich bin hier, um dir eine Vision zu bescheren. Eine Zukunftsvision, die dir zeigt, was die Sidhe für ein Schicksal für dich ausgesucht haben. Damit du das Schicksal ändern kannst.«

Ich nicke stumm und alles um mich herum dreht sich noch mehr, bis es dunkel wird.

***

Als ich wieder aufwache, liege ich in meiner Hütte im Bett. Ich blinzle ein paar Mal und schüttle mit dem Kopf, um die Spinnweben abzuschütteln, die sich um meinen Verstand gelegt haben. Habe ich das alles nur geträumt?

Ich erinnere mich nicht daran, von der Espe zum Cottage gelaufen zu sein. Benommen stehe ich auf und gehe in die Küche. Automatisch mache ich mir eine Tasse von dem speziellen Tee, muss aber feststellen, dass die Bauchschmerzen fast weg sind. Nur noch ein leichtes Zwicken erinnert mich an sie. Das Licht stört mich immer noch ein bisschen. Das Licht! Es ist Morgenlicht. Ein Blick aus dem Fenster bestätigt mir, dass die Sonne im Osten am Himmel steht. Ich muss die ganze Nacht geschlafen haben und heute ist … der zwölfte September. Heute soll der Feen-Doktor wiederkommen und Macha auch. Heute soll mein Todestag sein.

Panisch denke ich darüber nach, was ich tun kann, doch ich weiß, dass alles zu spät ist, als ich draußen Stimmen höre.

Das laute Klopfen an der Tür erschreckt mich so sehr, dass ich die Tasse fallen lasse. Sie zerspringt auf dem Boden und die kochend heiße Flüssigkeit spritzt auf mein nacktes Bein. Ich stoße einen spitzen Schrei aus und hüpfe auf einem Bein auf und ab, als meine Eltern, der Feen-Doktor und Vater O'Donell in das Cottage gestürmt kommen. Hinter ihnen sehe ich weitere Menschen aus dem Dorf.

Meine Mutter schreit auf, als sie mich sieht. »Sie ist wie besessen.«

»Schaut, das rote Mal am Bein«, ruft mein Stiefvater und zeigt auf die Stelle, die gerade vom heißen Tee verbrüht wurde.

»Das hat meine Katie nicht!«, sagt meine Mutter leise. Jetzt herrscht eine Totenstille, als mich alle anstarren und meine Mutter wiederholt: »Das ist nicht meine Katie.«

»Es ist immer noch die Fee«, verkündet Mr Ryan. Als wenn die Dörfler darauf gewartet haben, setzen sie sich draußen in Bewegung. Was sie genau machen, sehe ich nicht, denn der Feen-Doktor hat den Schürhaken beim Feuer gegriffen und hält ihn jetzt in die Glut.

Ich weiche zurück. »Was wollt ihr? Ich bin keine Fee. Ich bin Katie Dunne.«

Mein Stiefvater packt mich und Mr Ryan stößt das glühende Eisen gegen meine Stirn. »Hinfort, Sidhe«, ruft er.

Als mich der Schmerz trifft, ist der Schock so groß, dass ich aufheule. Selbst in meinen Ohren hören sich die Laute, die ich von mir gebe, nicht wie von dieser Welt an.

Ich kämpfe gegen die Ohnmacht an, als ich sehe, wie mein Stiefvater und der Feen-Doktor sich anschauen und beide den Kopf schütteln.

»Vater, die Salbung.« Michael nickt Vater O'Donell zu. »Wir wollen sichergehen und Orna wünscht es so.«

Der Vater berührt meine Stirn neben dem Brandmal mit dem in einen Öltiegel getunkten Finger und spricht die Worte: »Durch diese heilige Salbung …«

Mein flehender Blick geht zu meiner Mutter, die still neben mir steht. »Mama«, flüstere ich. »Bitte, hilf mir.«

Doch ihre Augen wirken kalt, als sie mich ansieht, so als ob sie sich schon gegen die Emotionen verschlossen hätte.

»…verzeihe dir dein Herr, was du gesündigt hast …«, drang Vater O'Donells monotone Stimme dumpf zu mir durch.

»Mama! Bitte!«, rufe ich, doch sie schüttelt nur kaum merklich den Kopf und dreht sich um.

Kaum hatte Vater O'Donell das Amen gesprochen, packen mich mein Stiefvater und der Feen-Doktor und tragen mich nach draußen. Ich schlage wie wild um mich und rufe hysterisch: »Hilfe, warum hilft mir keiner«, aber es gelingt mir nicht, mich zu befreien – und keiner kommt mir zu Hilfe.

Draußen haben die Dörfler ein Feuer angezündet. Ich werfe meinen Kopf hin und her und sehe überall Gesichter von Menschen, die mich schon seit frühester Kindheit kennen. Bis auf ein Gesicht. Das habe ich zum ersten Mal erst letzte Woche gesehen. Aber ich erkenne sie sofort, denn die roten Haare stechen aus der Menge hervor. Sie lächelt glücklich. Nicht spöttisch, sondern einfach glücklich.

»Hexe!«, rufen einige. »Sidhe!«, andere. Das Gejohle wird lauter, als mich mein Stiefvater und Mr Ryan an das Feuer herantragen. Ich wehre mich mit Händen und Füßen, doch vergebens. Jetzt packen auch andere mit an. Die einen ein Bein, die anderen einen Fuß, wieder andere einen Arm. Ich habe keine Chance und kann die Hitze der Flammen schon an meinen nackten Beinen spüren.

»Das ist die letzte Gelegenheit, sie auszutreiben«, keucht der Feen-Doktor. »Hinfort mit dir!«, ruft er etwas lauter. »Gib uns Katie Dunne zurück.«

Einige Frauen in der Menge schreien kollektiv auf und ich sehe die züngelnden Flammen, bevor ich sie spüre. Mein Nachthemd hat Feuer gefangen.

»Es nützt nichts«, höre ich Mr Ryan noch sagen. »Wir müssen diese Blenderin töten, damit Katie zu uns zurückkommen kann. Was hast du da, Orna?«

Und dann, als Letztes, dringt die Stimme meiner Mutter zu mir durch. »Es soll schnell gehen«, sagt sie und klingt unsicher, ganz so, als ob sie die Möglichkeit in Betracht zieht, dass doch noch ein kleines bisschen von ihrer Tochter in mir steckt. Ich spüre, dass etwas auf mir landet, eine Flüssigkeit, die riecht wie … Lampenpetroleum.

Dann rieche ich etwas anderes: verkohltes Fleisch.

Mein Fleisch, geht es mir noch durch den Kopf, als mich die Flammen einnehmen und unvorstellbare Schmerzen Körper und Seele zerreißen. Mein letzter Gedanke ist, dass es sich so anfühlen muss, durch das Höllenfeuer zu gehen.

***

Bin ich in der Hölle?

Hektisch schlage ich unsichtbare Flammen, die hungrig an meinem Körper lecken, mit den Händen tot, bevor ich die Augen aufmache und sehe, dass ich nicht brenne.

Über mir schwebt das Gesicht des schönen Mädchens. Bin ich gar in Tír na nÓg gelandet?

Schnell schaue ich mich um. Nein, ich liege immer noch unter dem Espenbaum.

»Alles ist gut, Katie«, tröstet mich der Espengeist. »Es war bloß eine Vision.«

Ich zwinge mich dazu, langsam zu atmen, damit sich mein rasendes Herz wieder beruhigt.

»Was kann ich tun?«, frage ich. »Kann ich mich noch retten?«

Das Mädchen nickt. »Ich glaube schon. Aber du musst dich beeilen.«

***

Keine vierundzwanzig Stunden später bin ich im Hafen in Galway, und ein paar Tage danach auf dem ersten Schiff, das nach Amerika ablegt. Ein Frachter zwar und er wird in North Carolina anlegen, nicht in Boston, wo mein Bruder wohnt. Aber ich muss weg, verschwinden, Spuren verwischen, so schnell wie möglich.

Zu meinem Bruder kann ich wahrscheinlich sowieso nicht, fällt mir ein, denn dort würde Macha mich doch als Erstes suchen, oder nicht?

Ich schüttle den Kopf und lasse meine Haare im Fahrtwind flattern, sauge die salzige Luft in mich ein. Darüber kann ich mir jetzt keine Gedanken machen. Eins nach dem anderen; und fürs Erste bin ich entkommen.

Nach meinem Gespräch mit dem Espengeist eilte ich in mein Cottage zurück und packte meine wertvollsten Besitztümer ein. Ein paar Klamotten, eine Perlenkette, die mein Bruder mir geschickt hatte, meine Nähmaschine und das Kleid. Eine Kindheitsfreundin aus dem Dorf, deren Gesicht ich in der Vision nicht in der Menge gesehen hatte, half mir widerstrebend und sorgte für die Beförderung zur nächsten Postkutsche, die mich nach Galway bringen würde.

Ironischerweise war es das blaue Kleid, das mir dort half. Als ich einer Schneiderei in der Nähe des Hafens meine Singer-Nähmaschine verkaufen wollte, nahm man natürlich sofort an, ich hätte sie gestohlen. Doch Schneiderinnen haben so etwas wie einen Signaturstich und als ich meine eigenen, gut geschneiderten Kleider zeigte und an der Nähmaschine etwas vorführte, glaubte man mir nicht nur, dass mir die Nähmaschine gehörte, sondern man kaufte mir auch das blaue Kleid ab, das, wie die Stiche zeigten, auch von mir genäht worden war. Das Kleid wurde bewundert und brachte mir einiges an Geld und Respekt ein. Ich erzählte der Besitzerin der Schneiderei eine Geschichte von einem gewalttätigen Mann, vor dem ich auf der Flucht war, und sie hatte genug Mitleid, um auch noch den Verkauf meiner Perlenkette zu vermitteln.

So hatte ich gerade genug Geld für die Überfahrt auf diesem Frachtschiff, das auch einige wenige Passagiere mitnahm. Die Unterkünfte sind katastrophal, aber ich bin mir ziemlich sicher, dass das Gift mittlerweile meinen Körper verlassen hat und ich wieder genesen bin. Ich werde die Überfahrt überleben.

Wenigstens ist Macha nicht hier, die alles daran setzen würde, mich in den Tod zu treiben. Hier, auf dem Schiff, werde ich wohl erst mal vor ihr sicher sein. Zumindest glaubt das Mädchen, mein Espengeist, das.

»Wer bist du und warum hilfst du mir?«, fragte ich sie beim Abschied.

»Das nächste Mädchen«, antwortete sie mir ruhig. Auf meinen fragenden Blick hin wiederholte sie: »Das nächste Mädchen, das Morrigan für sich beanspruchen wird. Sie hat … wird mein Leben zerstören und dafür sorgen, dass mir meine große Liebe weggenommen wird. Viele Jahre später, nach dem Ende meines Lebens, kommt meine Seele nach Tír na nÓg. Hier sehe ich, was geschehen ist und was geschehen wird. Es ist verboten, dieses Wissen zu teilen. Zu gefährlich, zu unberechenbar ist es, wenn man durch die Zeiten hindurch versucht, etwas zu verändern. Aber ich habe eine Möglichkeit gesucht und gefunden, in die Vergangenheit zu schauen. Wenn Morrigan schon während deiner Lebenszeit Einhalt geboten wird, vielleicht werde ich dann nie …« Sie stockte und starrte traurig in die Ferne, bevor sie sich wieder mir zuwandte. »Vielleicht wird sich der Lauf des Schicksals ändern. Vielleicht wird das Leben von bestimmten Menschen, die in der Zukunft in Morrigans Machenschaften verstrickt sein werden, anders verlaufen. Vielleicht finde ich eine Möglichkeit, Morrigan schon vor meiner Geburt zu zerstören, und mein Leben wird mir gehören. Doch dazu musst auch du leben, Katie Dunne«, sagte sie energisch zu mir. »Dazu musst du immer weiterleben.«

Ich halte mich an der Reling fest und schaue dabei zu, wie sich die Küste meiner Heimat, die rauen Felsen und weiten Strände, immer weiter entfernt. Vielleicht werde ich Connemara nie wiedersehen, denke ich traurig. Der Gedanke ist fast zu unerträglich, als dass ich es mir weiter anschauen kann.

Als ich mich umdrehe und von dem Anblick abwende, kommt mir ein anderer, noch schrecklicherer Gedanke. Macha wird mich vielleicht vorerst nicht finden. Es kann sein, dass sie mich ein Leben lang jagen wird, aber es besteht die Chance, dass ich ihr entkomme. Doch der wahre Feind, dem kann ich nicht entkommen. Bislang hat sie sich nicht bemerkbar gemacht, aber was, wenn sie es tut?

Ciara, so heißt der Espengeist, wird die Andere in ihr bemerken.

Was, wenn sie auch in mir zum Leben erwacht und in mir gegen mich kämpft?

Der wahre Feind, der mich bis ans Ende meines Lebens jagen wird, die Feenkönigin Morrigan, werde ich immer in mir tragen. Ciara glaubt, dass sie irgendwann einen Weg finden wird, sie mir auszutreiben, Morrigan ein Ende zu bereiten.

Ich rede mir ein, dass es der kalte Fahrtwind ist, der für die Gänsehaut an meinem ganzen Körper sorgt. Ich zittere. Bilde ich es mir ein, ist es der Wind oder gar ein Geist, der mir ganz leise, kaum hörbar in die Ohren flüstert:

»Auch wenn du bis ans Ende der Welt läufst, wirst du niemals entkommen.«

Anmerkung: ESPENGEIST ist inspiriert von den Geschehnissen um den Tod von Bridget Cleary, der sogenannten »letzten Hexe von Irland«. Bridget Cleary wurde 1895 von ihrem Mann umgebracht, der sie für eine Fee gehalten hatte.

Hat dir Katie Dunnes Geschichte gefallen? Schreib mir eine E-Mail (felicitygreenauthor@hotmail.com) oder melde dich über meine Website, über Facebook oder Twitter. Deine Meinung interessiert mich. Vielleicht wird es in Zukunft noch mehr Geschichten aus der Connemara-Welt geben.

Deine Felicity Green

AVERAGE ANGEL
Drei Novellen in einem Sammelband

Sternschnuppenwunsch
Weihnachtswunsch
Wunschbrunnen

© Felicity Green, 1. Auflage 2017

www.felicitygreen.com

Felicity Green, Jestetten

Felicitygreenauthor@hotmail.com

Umschlaggestaltung: Carolina Fiandra, CirceCorp design

Korrektorat: Wolma Krefting, bueropia.de

ISBN: 978-3744836692

Sternschnuppenwunsch

1

Ich kenne mich mit Engeln nicht besonders gut aus. Was blöd ist, weil ich anscheinend wohl mal einer war.

Es fing alles an wie ein schlechter Witz. Ein sexy Engel kommt in einen Diner und fragt die Kellnerin …

Und wenn ich sage sexy, dann meine ich wow. Die müssen da oben ein Fitnesscenter haben. Wie sonst ließen sich die breiten Schultern, der definierte Oberkörper und die perfekten Bizepse, die unter den T-Shirt-Ärmeln hervorschauen, erklären? Ich bin mir sicher, dass Speichelfäden aus meinem offenen Mund bis hinunter auf mein Stück Pecan Pie hingen, als er in meiner Mittagspause zu mir rüberkam und mich fragte, ob ich Stella Martens sei.

Ich hatte ihn erst gar nicht gesehen, weil ich an einem kleinen Tisch hinten im Diner saß, wo ich normalerweise meine Pause verbrachte, mein Mittagessen genoss und eine Zeitung las.

Aber ich hatte schon gespürt, dass eine Art magnetische Energie in den Diner gekommen war, die den Blick eines jeden magisch anzog. Sogar die drei alten Frauen, die Klatschtanten der Stadt, die immer ein Gesprächsthema hatten, waren auf einmal still. Das laute Geplapper im Raum war zu Geflüster verstummt. Es schien sogar so, als ob jemand die Lautstärke der Jukebox heruntergedreht hätte.

Ich wandte mich mitten im Kauen um und erstarrte, als ich ihn sah. Zuerst dachte ich, er wäre der umwerfendste Mann, den ich je erblickt hatte. Aber es war nicht, dass er so umwerfend schön aussah. Er hatte diese sonderbare, kaum greifbare Aura, die man »das gewisse Etwas« nennt. Er schien irgendwie von innen heraus zu leuchten. Natürlich tat er das, er war ja auch ein verdammter Engel, was kann man schon anderes von denen erwarten? Aber zu dem Zeitpunkt wusste ich das ja nicht und als er zu meiner Tante hinter den Tresen ging und unüberhörbar nach mir fragte, dachte ich einfach, dass er das schönste Wesen war, das mir je unter die Augen gekommen war. Also starrte ich ihn an, mein offener Mund voll mit Pecan Pie, als meine Tante auf mich zeigte und er zu mir kam.

Er war muskulös, wie ich schon erwähnte, aber auf attraktive, schlanke Art und Weise, bei der man einfach wusste, dass er diese Kuhlen über den Hüftknochen hatte, wo die Bauchmuskeln trichterförmig zusammenlaufen und wie ein großer Pfeil auf du weißt schon was zeigen – ich wurde rot, als mir der Gedanke kam. Seine Haare waren schulterlang und dunkel. Seine Augen waren ebenfalls braun und wirkten etwas exotisch. Genauer gesagt sah er aus wie ein Indianer, was mir hinterher komisch vorkam. Ich dachte nicht, dass Engel in der Mythologie der Ureinwohner vorkamen, aber ich musste zugeben, dass ich nicht besonders viel darüber wusste. Was ganz schön traurig war, besonders weil es eine Ausgrabungsstätte und ein Besucherzentrum in der Nähe von Average gab, wo die Penacook gelebt hatten. Unsere einzige Touristenattraktion, abgesehen von Antiquitätenläden, und wir hatten einige Schulausflüge dahin unternommen.

Wie dem auch sei, er zog auf jeden Fall alle Blicke auf sich. Er hätte es auch getan, wenn er kein Engel gewesen wäre. Dazu kam noch die Art und Weise, wie er sich fortbewegte – geschmeidig und agil, wie ein Panther, der sich an sein Opfer anschleicht. All das ließ ihn gefährlich sexy aussehen.

Und seine Stimme. Wieder wow. Tief. Süß. Leicht träge. So wie der Karamell auf meinem Pecan Pie, dachte ich, den ich immer noch im Mund hatte.

»Ja«, spuckte ich, um zu bestätigen, dass ich in der Tat Stella Martens war, und verschluckte mich dabei. Mit Tränen in den Augen schnappte ich mir mein Glas Wasser und trank es gierig aus. Er nahm mir gegenüber Platz. Die Leute hatten uns angestarrt, aber Tante Jeannie hatte sich bemerkbar gemacht und plauderte laut mit den Gästen, damit sich wieder alle ihren eigenen Angelegenheiten zuwenden konnten. Das übliche Dinergeplapper stellte sich erneut ein, und auch wenn uns der eine oder andere weiterhin einen verstohlenen Blick zuwarf, war ich mir sicher, dass niemand den Mann verstand, als er langsam erklärte, was er von mir wollte. Und ich war froh darüber. Die Leute hätten sich vielleicht sonst gewundert, warum ich ihm weiterhin zuhörte.

Aber für eine ganze Weile kam es mir gar nicht so weit hergeholt vor; vielleicht, weil er nie auch nur annähernd so tat, als seien seine Behauptungen weit hergeholt. Er entschuldigte sich nicht, schenkte mir kein zerknirschtes Lächeln oder stellte so etwas voran wie »Ich weiß, es hört sich lächerlich an, aber hör mir erst mal zu, okay?«.

Stattdessen erklärte er direkt und in sehr nüchternem Tonfall, dass er Zachriel hieß, dass er ein Engel war und ich ein wiedergeborener gefallener Engel namens Vitrella, dessen Aufgabe es gewesen war, Wünsche zu erfüllen. Diese Vitrella hatte auf sehr clevere Weise dafür gesorgt, dass sie selber fiel – von der Erde aus sieht man gefallene Engel übrigens als Sternschnuppen –, indem sie meiner Mutter den Wunsch erfüllte, ein Baby zu bekommen. Mich.

Vitrella hatte wohl irgendwie ein himmlisches Schlupfloch gefunden. Normalerweise werden Engel zur Strafe auf die Erde geschickt. Sie hatte den Wunsch meiner Mutter für ihre Zwecke benutzt und war durch die Wunscherfüllung selber zum gefallen Engel geworden. Obwohl mir überhaupt nicht klar war, warum Vitrella sich solch ein Schicksal selber ausgesucht hatte. Zachriel kehrte das Thema unter den Teppich, so als ob er die Frage erwartet hätte und die Antwort aus dem Weg haben wollte, bevor ich ihm zu bohrende Fragen stellen konnte. Es hörte sich ein bisschen einstudiert an – schließlich bohrte ich überhaupt nicht, sondern starrte ihn nur mit großen Augen an.

Vitrellas Verstoß gegen die Regeln hatte für eine Art Ungleichgewicht gesorgt. Sie musste ihr Schicksal weiterleben und Wünsche erfüllen, obwohl sie irgendwie arbeitsunfähig war, wo sie doch in einem menschlichen Körper steckte, der von der Sache nichts wusste. Das Gleichgewicht musste wieder hergestellt werden, sonst würde das schlimme Folgen haben. Zachriel erklärte mir ziemlich unverblümt, dass ich eine bevorstehende apokalyptische Katastrophe sei. Ich wollte doch nicht für das Ende der Welt verantwortlich sein, oder?

Zachriel anzuschauen und ihm zuzuhören hatte mein Hirn wohl anscheinend in süßen, warmen Sirup verwandelt. Ich konnte keinen klaren Gedanken fassen. Bis mir aufging, dass das hier ja wohl ein Witz sein musste. Es gab keine andere Erklärung dafür, oder? Aber wer spielte mir denn so einen Streich?

Mein Blick schoss im Diner umher. Tante Jeannie? Sie redete immer davon, einen netten Freund für mich zu finden. Ich würde mich nicht wundern, wenn sie mich mit jemandem verkuppeln wollte. Aber sie war eine gradlinige Person. Diese Geschichte passte nicht zu ihr. Ja, sie würde es vielleicht organisieren, dass ein junger Mann hier herkäme und mich in meiner Mittagspause abfing. Aber sie würde ihm nicht vorschlagen, so eine aberwitzige Geschichte zu erfinden.

Wer denn sonst? Meine beste – und um ehrlich zu sein, einzig richtige – Freundin Sarah verbrachte den gesamten Sommer mit ihrer Familie in Europa. Aber das hier war genau die Art von Sache, die sie witzig finden würde. Ich meine, ich, ein Engel? Das musste die am weitesten hergeholte geheime Identität sein, die es je gegeben hatte.

Ich bin weder ätherisch noch anmutig. Wenn man mir Flügel aufsetzen würde, sähe ich wirklich lächerlich aus. Höhnische Kommentare darüber, dass die Flügel mich nicht in die Lüfte heben könnten, wären gerechtfertigt. Ich bin groß und kurvig auf eine Art und Weise, die vielleicht eines Tages mal sexy sein könnte, wenn ich aufhören würde, Burger und Schokoladenkuchen zu essen. Im Moment habe ich einfach nicht die Absicht, das zu unterlassen. Und wenn ich sage Absicht, dann meine ich Selbstbeherrschung. Ich habe auch keine blonden langen Haare und weiße, strahlende Haut. Ich habe diese undefinierbare Haarfarbe, die man dunkelblond oder hellbraun nennen könnte. Die die Haare immer leicht fettig aussehen lässt. Nicht zu vergessen, ist mein Gesicht mit ungefähr so vielen Sommersprossen übersät, wie es Sterne am Himmel gibt. Doch ganz grundsätzlich würde man niemals eine engelhafte Gelassenheit und Ruhe mit mir in Verbindung bringen.

Aber wer auch immer sich das hier für mich ausgedacht hatte, war nur ein kleines bisschen gemein. Derjenige war auch irgendwie süß. Denn diese erfundene Geschichte sagte ja, dass meine Mutter mich so sehr gewünscht hatte, dass ein Engel sich opferte, um den Wunsch wahr werden zu lassen. Vielleicht hatte meine Mutter mich tatsächlich für einen Engel gehalten. Keine Ahnung, denn meine Mutter lebte nicht mehr.

Nein, nein, das ist schon okay, ich war damals vier und obwohl es mich manchmal traurig machte, hatte ich immerhin dreizehn Jahre, um mich daran zu gewöhnen. Außerdem hatte ich eine Stiefmutter, die mein Vater ein paar Jahre nach dem Tod meiner Mutter geheiratet hatte, also sehe ich sie irgendwie schon als Mutter an. Ich besaß nicht besonders viele Erinnerungen an meine echte Mutter. Und Allison war überhaupt nicht der Typ böse Stiefmutter. Sie war toll und liebte mich wirklich. Aber sie war eine sehr pragmatische Frau und auch sie würde niemals auf die Idee kommen, mich einen Engel zu nennen. Doch der Grund, warum es sein konnte, dass meine Mutter eine klitzekleine Ahnung gehabt hatte, war, dass sie mich Stella genannt hatte, was das lateinische Wort für Stern ist. Mein Vater hatte mir erzählt, warum. Ich war ein Sternenguckerbaby gewesen, das bei der Geburt hoch in den Himmel geschaut hatte, statt nach unten, das Kinn eingezogen, wie die meisten braven Neugeborenen, die es ihrer Mutter einfacher machen wollen.

Ich hingegen musste Komplikationen machen, was wiederum nicht gerade für einen Engelscharakter sprach. Aber der Gedanke, dass meine Mutter für mich gebetet hatte und mich vielleicht für einen Engel hielt, verschaffte mir ein wohlig warmes Gefühl im Herzen.

Wer auch immer diese Geschichte erfunden hatte, musste einen komischen Sinn für Humor haben, aber eine Freundin sein, die mich gut kannte. Natürlich, es musste Sarah sein. Ich wusste nicht, wie sie das von so weit weg eingefädelt hatte, und es überraschte mich, dass sie einen Mann wie diesen hier kannte, aber sie musste es sein. Ich atmete erleichtert aus.

»Also, Zack ... darf ich dich Zack nennen?« Ich versuchte, mich ganz cool anzuhören, aber meine Stimme klang quietschig. »Woher kennst du Sarah?«

Zachriel sah verwirrt aus. Entweder kannte er meine Freundin tatsächlich nicht oder er war ein richtig guter Schauspieler. Er machte eine ungeduldige Handbewegung und beugte sich vor. »Hast du mir zugehört?«, fragte er ernst. »Das hier ist wirklich wichtig. Ich erkläre es noch einmal. Ich bin ein Engel. Du bist ein wiedergeborener Engel namens Vitrella ...«

Mir wurde jetzt noch wohliger und wärmer, wo er mir so nahe war, und ich war von seinem Blick hypnotisiert wie ein Hase im Scheinwerferlicht. Ich war mir auf einmal hundertprozentig sicher, dass, wer auch immer oder was auch immer Zachriel war, er glaubte, was er sagte. Dann gab es nur eine Erklärung. Ich wusste nicht, woher er meinen Namen und meine Lebensgeschichte kennen konnte und warum er mich aufgesucht hatte, aber er musste psychisch krank sein. Schizophren. Psychotisch. Wie auch immer man das nannte. Diese Einsicht stimmte mich traurig. Ich versuchte ganz sanft mit ihm umzugehen und sagte. »Das ist schön. Aber meine Mittagspause ist jetzt vorbei und ich muss gehen.«

Ich stand auf. »Schön dich kennengelernt zu haben, Zack. Man sieht sich, okay?«

Er sah entnervt aus. »Du glaubst mir nicht.« Es war keine Frage. Er erzählte die Geschichte wahrscheinlich dauernd und war diese Reaktion gewohnt.

»Doch, doch, klar tue ich das. Ich muss einfach wieder zurück zur Arbeit.« Ich lächelte und nahm Teller, Besteck, Glas und Zeitung und brachte alles in die Küche. Als ich zurückkam, meine Schürze umband und hinter den Tresen trat, überfiel mich Tante Jeannie sofort. »Wer war dein Freund?«, fragte sie.

»Äh. Zack. Ich kenne ihn nicht wirklich.« Ich schaute in Richtung des Tisches, den ich gerade verlassen hatte. Zack war weg. Ich hätte erleichtert sein sollen, fühlte aber stattdessen Enttäuschung.

2

Als ich nach Ende meiner Schicht aus dem Diner kam, wartete der »Engel« schon auf mich. Ich würde gerne behaupten, dass es mich genervt hätte, aber ich war auch ein kleines bisschen geschmeichelt. Ich meine, er sah so gut aus. Und mir war noch nie ein Kerl hinterher gewesen. Obwohl das hier ja schon an Stalken grenzte. Und nicht zu vergessen, er war nicht ganz richtig im Oberstübchen. Also lächelte ich insgeheim, als ich nach Hause ging und er mir folge, aber nach einer Weile bekam ich doch ein wenig Angst.

Average ist nicht gerade bekannt für eine hohe Kriminalitätsrate, aber es war Abend und die Straßen ziemlich leer um die Uhrzeit. Es war ein Dienstag, späte Abendessenszeit und die meisten Leute hier waren daheim mit ihren Familien. Also beschloss ich, ihn lieber anzusprechen, solange wir noch im Zentrum waren, wo Geschäfte und Restaurants aufhatten und noch was los war. Wenn ich um Hilfe rufen müsste, würde mich hier wenigstens jemand hören.

»Hör zu«, sagte ich, nachdem ich mich so abrupt umgedreht hatte, dass er verdutzt stehen blieb. »Kannst du mir irgendwie beweisen, dass das, was du mir erzählt hast, der Wahrheit entspricht? Ansonsten vergiss es, okay? Ich werde dir nicht glauben. Zeig mir Beweise oder lass mich in Ruhe.«

Ich dachte, damit wäre die Sache gegessen. Da er seine Geschichte über Engel und so ja eindeutig erfunden hatte – ich hatte schon gehört, wie überzeugend psychisch Kranke sein konnten – konnte er auf keinen Fall Nachweise erbringen.

Als er einfach nur dastand und mich gedankenverloren anstarrte, sagte ich noch: »Sonst werde ich die Polizei rufen und die sperren dich dann wieder in die Anstalt ein, aus der du abgehauen bist.«

Er seufzte. »Ich soll das eigentlich nicht tun, aber ich sollte dir ja auch nicht sagen, was ich dir erzählt habe, also liegt es sowieso an mir, wo ich die Grenzen setze. Und ich sehe, dass ich dich auf keine andere Art und Weise überzeugen kann.«

Das verwirrte mich. »Was?«

Er seufzte wieder. Als er mich anfasste, war ich viel zu aufgeregt, um seine Hand rechtzeitig abzuschütteln. Es fühlte sich gut an. Kleine Blitze zuckten über meine Haut und verursachten Gänsehaut. Bevor ich michs versah, übergab ich mich.

Ja, genau. Auf einmal wurde mir ganz schwindlig, so wie wenn man sich zu lange auf einem Bürostuhl dreht, und ich musste einfach kotzen. Gott sei Dank gelang es mir noch, mich von ihm wegzudrehen.

Als ich da so stand, vornübergebeugt, die Hände auf den Oberschenkeln, schwer atmend, fiel mir auf, dass ich mich über irgendeinem schwarzen Zeug auf einem Busch übergeben hatte. Es sah wie geschmolzener Asphalt aus. Und der Busch kränkelte sowieso schon sehr. Nur ein paar trockene Zweige, die aus der verdorrten Erde ragten.

Ich schüttelte verdutzt den Kopf. Ich war mir ziemlich sicher, dass dieser Busch mit tropfendem schwarzem Zeug vorhin nicht dort gewesen war, neben dem Bürgersteig. Das Verschönerungskomitee der Stadt Average würde das einfach nicht erlauben.

Aber das schien sowieso keine Rolle zu spielen, denn als ich aufsah, war ich nicht in Average. Zumindest dachte ich das zuerst. Es war auf jeden Fall nicht das Average, in dem ich noch vor ein paar Sekunden gestanden hatte. Um uns herum befanden sich ein paar heruntergekommene Gebäude und alles andere sah so aus, als ob es plattgewalzt worden war. Und auf allem klebte dieses schwarze Zeugs.

Mein Verstand kam nicht hinterher mit dem, was mir passiert war. Mit großen Augen schaute ich den Engel an.

»Die Zukunft. Ich habe dich in die Zukunft mitgenommen.«

Mein Mund stand ungefähr eine Minute lang offen und da ich immer noch diesen ekligen Geschmack im Mund hatte, vom Kotzen, half es wirklich nicht, als mir auch noch die Spucke trocknete.

Ich versuchte zu schlucken, aber das machte es auch nicht besser.

»Es ist die Luft«, sagte Zack. »Wir sollten nicht zu lange hierbleiben. Es ist nicht gut für dich.«

»Warte mal«, krächzte ich. »Was soll das heißen, die Zukunft?«

»Ich bin ein Engel der Apokalypse. Ich kann die Vergangenheit und die Zukunft sehen und dort hinreisen, um ein solches apokalyptisches Szenario zu verhindern. Es ist meine Gabe. Ich dachte mir, wenn ich dir zeige, was ich kann, was ein psychisch kranker Mensch sicher nicht kann, dann glaubst du mir.«

Verstört schaute ich mich wieder um. Ich sah keine Farbe. Es war alles … grau. »Das hier ist die Zukunft? Wann? Wann wird das passieren? Und was ist dieses schwarze klebrige Zeug?«

»Spielt das eine Rolle? Wir haben sowieso keine Zeit für diese Fragen«, wurde er etwas ungeduldig. »Das Wichtige ist doch, ich kann es sehen und ich kann dich dorthin bringen.«

Ich nickte langsam. Es fühlte sich so an, als ob der Sauerstoff langsam, aber sicher aus meinen Lungen gezogen wurde und ich war recht erleichtert, als er mich wieder berührte und dieses schwindlige Gefühl wiederkam, was uns dann zurück in das Average der Gegenwart transportierte. Ein wenig erleichtert, weil ich mich wieder übergeben musste. Diesmal in einen schönen Blumenkübel, den ich auch an einer Straße in Average erwartet hätte.

»Also, glaubst du mir jetzt?«, fragte Zack.

Ich zwickte mich tatsächlich selber, nur um sicherzugehen, dass ich nicht träumte. Vielleicht war ich auf meinem Weg von der Arbeit nach Hause ohnmächtig geworden … Vielleicht hatte er mir irgendein Mittel gespritzt, das Halluzinationen hervorrief. Vielleicht … meine Gedanken überschlugen sich. Was, wenn *ich* psychotisch war und sich das alles nur in meinem Kopf abspielte? Bei dieser Vorstellung bekam ich eine Riesenpanik, bis mir einfiel, dass Tante Jeannie Zack im Diner gesehen und mich auf ihn angesprochen hatte.

Ich überquerte die Straße zum Stadtplatz und setzte mich auf eine Bank. Zack folgte mir und wartete auf meine Reaktion. Er drängte mich nicht, das musste ich ihm lassen.

»Nun, das beweist, dass du … irgendwas bist«, sagte ich schließlich. »Aber es hat überhaupt nichts mit dem zu tun, das du mir erzählt hast. Vitrella, diese Wunschsache, meine Mutter …«

Ich schaute ihn an, und zum ersten Mal konnte ich in seinem Blick etwas anderes sehen als mäßiges Interesse und verzweifelte Ernsthaftigkeit. Ich hätte schwören können, es war Neugierde. Zumindest funkelten seine Augen. Aber das konnte auch von dem sich darin widerspiegelnden Licht der Straßenlampe kommen, die gerade angegangen war.

»Du hast recht«, sagte er. »Es gibt einen viel besseren Ort und eine viel bessere Zeit, in die ich dich mitnehmen kann.«

Bevor ich protestieren konnte, berührte er meinen Arm und ich übergab mich wieder. Diesmal über meine Schuhe. Toll. Es tröstete mich ein wenig, dass ein paar Brocken auf seinen Schuhen landeten. Aber es schien ihm gar nichts auszumachen. Mir war kalt und ich zitterte. Es kam mir auch viel dunkler vor als vorher.

»Steh auf.« Er zog mich hoch, bevor ich mir den Mund abwischen konnte. Alles um mich herum sah noch genau gleich aus. Vielleicht hatte es diesmal nicht funktioniert. Aber als er mich die Straße entlangzog, fielen mir doch Unterschiede auf. Dieses Average wirkte … frischer. Die Gebäude kamen mir neuer vor und die Pflanzen, die Dekorationen, alles war farbiger. Manchmal hatte man allerdings Farben miteinander kombiniert, die schlecht zusammen passten. Ich musste einem Wagen hinterherschauen, der an uns vorbeifuhr. Dann fielen mir die geparkten Autos auf. Es waren alles alte Modelle. Das ergab keinen Sinn für mich.

Der Groschen fiel – es mag langsam wirken, aber es ging alles so schnell – als ich sah, dass *Petrelli's* fehlte. Es war nicht mehr da. Nicht, dass das ganze Restaurant einfach fehlte. Da war einfach kein Restaurant, wo sich normalerweise *Petrelli's* befindet, sondern nur ein Wohnhaus. Und der Blumenladen an der Ecke war ein Schlachter. Das hier war Average in der Vergangenheit. Musste es sein. Und eine nicht ganz so ferne Vergangenheit.

»Es ist vor achtzehn Jahren«, sagte der Engel, so als ob er meine Gedanken lesen könnte. Er zog mich immer noch im Affentempo durch die Straßen und das Schwindelgefühl wollte nicht nachlassen. Ich schüttelte seine Hand ab. »Wo gehen wir hin?«, fragte ich, als ich versuchte, mit seinen riesigen Schritten mitzuhalten.

»Das wirst du gleich sehen.«

Obwohl ich hauptsächlich damit beschäftigt war, regelmäßig zu atmen, damit der Engel nicht bemerkte, wie unsportlich ich war, erkannte ich ziemlich schnell, dass wir auf dem Weg zu mir nach Hause waren. Da wir so schnell gingen, kamen wir sehr bald an.

»Was machen wir denn hier?«, keuchte ich. Wenigstens war mir nicht mehr so kalt.

»Das siehst du gleich«, drängte Zack mich. »Beeil dich, wir wollen es nicht verpassen.« Wir standen vor einem Baum, der in der Zukunft nicht dort gewesen war. Nicht dort sein würde? Wie auch immer, du weißt, was ich meine. Jemand muss ihn vor meiner Geburt abgeholzt haben. Jetzt begriff ich auch, dass wir nicht Spätsommer hatten – und der Grund, warum es kalt und dunkel war. Es lag kein Schnee, aber die Bäume waren kahl. Bevor ich mich an den komischen Baum in meinem ansonsten so vertrauten Garten gewöhnen konnte, war Zack schon hochgeklettert und hielt mir die Hand hin, um mir hinaufzuhelfen.

»Ich weiß nicht, ob ich da hochkomme«, sagte ich skeptisch.

»Versuch es wenigstens, sonst wirst du es nicht sehen«, beharrte er etwas entnervt. Die Neugierde siegte, also nahm ich seine Hand, die sich überraschend warm anfühlte, und er zog mich hinauf, während ich meinen Fuß in ein Baumloch stellte und den niedrigsten Ast mit der anderen Hand erwischte. Als ich es auf den Ast geschafft hatte, war es nicht mehr schwer. Wir kletterten höher und obwohl ich mir etwas Sorgen machte, dass das Gezweig mein Gewicht nicht halten würde, war ich doch etwas stolz auf mich.

Ich hatte fast vergessen, dass wir in der Vergangenheit waren, als Zack auf ein Fenster im oberen Stockwerk zeigte – das Schlafzimmer meiner Eltern –, dem wir uns direkt gegenüber befanden. Ich fiel fast vom Baum.

Die Vorhänge waren offen, das Licht war an und ich sah eine jüngere Version meines Vaters ins Zimmer kommen. Er sah eigentlich gar nicht so anders aus. In meiner gegenwärtigen Zeit waren seine Haare fast komplett grau und das war der größte Unterschied, der mir auffiel. Aber was mich schockte, war, meine Mutter zu sehen. Sie sah genauso aus wie auf den Fotos, die ich von ihr habe, aber gleichzeitig auch ganz anders. Ich war völlig gefangen genommen von ihrem Anblick, und für einen Moment vergaß ich alles um mich herum, den Baum, die Kälte, den Engel. Aber dann merkte ich, was meine Eltern gerade vorhatten. Da musste ich mich fast wieder übergeben.

»Ihhh«, sagte ich und hielt mir die Augen zu, als sie sich gegenseitig auszogen. »Das will ich echt nicht sehen. Was für ein Persversling bist du eigentlich, der wie ein Spanner im Baum sitzt?«

Zack, der etwas versetzt unter mir hockte, streckte den Arm hoch und zog mir die Hand von den Augen weg. »Jetzt stell dich nicht so an, darum geht es doch hier nicht. Ich möchte, dass du den Moment siehst, in dem es passiert. Deine Empfängnis.«

Ich blickte ihn entsetzt an. »Wieso würde ich das denn sehen wollen?«

»Weil du dann siehst, wie es passiert. Wie Vitrella wiedergeboren wird. Das würde alles beweisen, was ich dir erzählt habe, nicht wahr?«

»Ja, schon.« Es war alles ein bisschen viel für mich. Ich konnte nicht klar denken.

»Also los, schau zu«, ermutigte er mich. Ich warf einen Blick in Richtung Schlafzimmer und glücklicherweise waren meine Eltern so prüde, dass sie es unter der Bettdecke taten. Trotzdem war es mir immer noch unangenehm, hier zu sitzen, mit Zack, und sie dabei zu beobachten.

»Schau durch die Äste hindurch in den Himmel«, sagte er nach einer Weile. »Gleich wirst du die Sternschnuppe sehen. Und dann musst du ganz schnell wieder ins Fenster gucken. Verstanden?«

Ich nickte, wandte meinen Blick von Moms schönen, glänzenden dunklen Haaren ab – und konnte nicht anders, als mir zu wünschen, dass ich die geerbt hätte – und legte den Kopf in den Nacken. So in den Nachthimmel zu blicken, wo die ganzen Sterne leuchteten, hatte etwas Magisches. Bald bemerkte ich die Sternschnuppe, die direkt auf uns zukam. »Ich sehe sie«, rief ich aufgeregt.

»Psst.«

Ich starrte ins Schlafzimmerfenster, wo meine Mutter auf meinem Vater saß. Sie hatten die Decke abgeworfen und Moms nackter Rücken war uns zugewandt. Ich war eher fasziniert von meiner Mutter als verstört über das, was sie taten, muss ich zugeben. Auf einmal sah es so aus, als ob im Kreuz meiner Mutter ein Licht explodierte und dann ausglühte. Schnell war alles wieder normal.

Okay, das war sonderbar. »War das … die Sternschnuppe?«, flüsterte ich ungläubig. »Vitrella?«

Zack nickte.

»Aber … wie kann es denn sein, dass sie es nicht bemerkt haben? Wie kriegen die Leute denn so etwas nicht mit?«

Zack schaute zu mir hoch und seine Augen glitzerten belustigt im Dunkeln. »Hast du schon mal Sex gehabt?«

Ich war mir sicher, dass ich hochrot im Gesicht wurde und hoffte, dass Engel nicht im Dunkeln sehen konnten.

»Hast du?«, gab ich zurück. Ich war wirklich neugierig. Hatten Engel Sex? Was für eine Verschwendung, wenn nicht, ging mir durch den Kopf.

»Um mich geht es jetzt nicht. Wenn du jemals einen Orgasmus mit oder ohne Partner gehabt hast, dann würdest du wissen, dass es sich sowieso wie eine Lichtexplosion anfühlt. Du würdest nicht merken, dass sich die Energie eines Sterns in dir entlädt, denn genauso würde es dir vorkommen.«

»Okay.« Mir fiel nichts Besseres ein, weil ich gedanklich immer noch bei Zack und Engelsex war.

Normalerweise wäre mir ein solches Gespräch überpeinlich gewesen … aber ich saß gerade mit einem Engel in einem Baum und schaute mir meine eigene Empfängnis an. Das ist ganz schön viel, was man da verarbeiten muss, also blieb nicht so viel Hirnmasse übrig, um sich verlegen zu fühlen.

»So ist es also passiert«, sagte Zack. »Du hast es selber gesehen. Sternschnuppe, gefallener Engel.«

»Aber … aber …« Ich hatte so viele Fragen, dass ich gar nicht wusste, wo ich anfangen sollte. Außerdem tat mir langsam mein Hintern weh davon, auf einem hubbeligen Ast zu sitzen. »Wie … ich meine, ich habe im Sexualkundeunterricht aufgepasst. Ich weiß, wo Babys herkommen. Was biologisch so passiert. Man wird ja nicht schwanger in dem Augenblick, in dem man Sex hat.« Ich war immer noch etwas zu schüchtern, um so etwas mit einem süßen Typen zu diskutieren, aber ich fasste mir ein Herz. »Es dauert eine Weile, bis Sperma zum Ei gelangt und so. Und es hat überhaupt gar nichts mit einem Orgasmus zu tun.« Ich merkte, wie mir schon wieder die Hitze ins Gesicht stieg. »Man kann schwanger werden, ohne einen Orgasmus zu haben.«

»Das hier hat mit Biologie gar nichts zu tun«, erklärte Zack. »Alles, was du gelernt hast, ist bestimmt richtig. Wie ein neues Leben beginnt. So ist das zumindest bei euch Säugetieren. Aber mit jeder Schöpfung passiert auch noch etwas anderes, etwas, dass eure Wissenschaften wie Biologie nicht mal annähernd erklären können.«

»Häh?« Das hörte sich ziemlich esoterisch an.

»Dem Lebewesen, das geschaffen wird, wird etwas eingegeben – man kann es eine Seele nennen. Obwohl ich immer etwas vorsichtig mit diesem Wort bin, weil das, was ich meine, etwas viel Vageres ist, als das, was Menschen normalerweise damit in Verbindung bringen.«

Ja, tatsächlich sehr vage. Aber ich beschloss, das erst mal so zu akzeptieren und weiterzufragen.

»Also bekommt es diese … Seele oder so, sobald es geschaffen wird? Das Baby, meine ich? Im Moment der Empfängnis? Vor der ersten … was weiß ich … Zellteilung?«

»Ja, und das ist bei jeder Schöpfung so.«

Gut, das würde ja die Debatte beenden, ob ein Embryo eine Seele hatte oder nicht. Diese Info war Dynamit in den Händen von Abtreibungsgegnern. Ich würde es ihnen aber nicht erzählen, weil ich mir selber noch nicht so sicher war, wie ich zu dem Thema stand.

»Aber es ist kein … fertiges Ding«, fühlte sich Zack genötigt, zu erklären. »Es ist eine Energie und jede Energie verändert sich, passt sich an. Sie ist nicht statisch.«

»Okay, also ist es nicht so wie: Das ist die Seele der Person von der Empfängnis bis zum Tod? Also ist meine Seele nicht mehr wirklich Vitrella?« Komisch. Komisch, komisch, komisch. Auf einmal fühlte ich mich so an, als ob ich einen Eindringling in mir beherbergte. Ein Engel aus dem Weltraum. Das war doch ein bisschen wie ein Alien, oder? Hätte Vitrella nicht aus dem Bauch meiner Mutter herausbrechen sollen, wie in dem Film? Statt eines hässlichen Außerirdischen, der rauskommt, wurde ich geboren. Ich war das hässliche außerirdische Ding. Ein Schauder lief mir über den Rücken.

»Nein.« Ich konnte sein Gesicht nicht sehen, weil er angefangen hatte, hinunterzuklettern, aber es hörte sich so an, als ob er lächelte. Und dann sagte er etwas, das hätte sein können: »Es ist überhaupt nicht wie Vitrellas« oder »Du bist überhaupt nicht wie Vitrella.« Er war schon auf dem niedrigsten Ast und sprang auf den Boden, also war ich mir nicht sicher.

»Komm schon«, sagte er von unten. »Wir müssen los.«

»Warte. Gib mir noch einen Augenblick.« Ich schaute in das Fenster, wo meine Eltern gerade mit dem undenkbaren Akt des Mich-Machens fertig waren und sich wieder angezogen hatten. Meine Mutter stand in der Mitte des Zimmers, redete mit Dad und lächelte. Ich hatte den perfekten Ausblick auf ihr Gesicht.

Ich hatte ja gesagt, dass ich nicht so traurig darüber war, dass meine Mutter gestorben ist, als ich ganz klein war, weil ich eine nette Stiefmutter hatte und eine ganz tolle Familie, aber um ehrlich zu sein: Ich habe ein kleines bisschen gelogen. Manchmal machte es mich schrecklich traurig.

Ich hatte nicht besonders viele Erinnerungen an meine Mutter. Nur Fragmente, das, woran man sich so erinnert aus der Zeit, als man drei oder vier war. Schnappschüsse, bei denen man sich nicht richtig sicher war, ob es ein Foto des Moments war oder der Moment selber, an den man sich erinnert. Oder Gerüche und Geräusche, so flüchtig, dass man sie kaum festhalten konnte, die aber trotzdem für alle Ewigkeit ins Gehirn gebrannt waren. *Mandarine.* Ich war mir sicher, dass meine Mutter ein Shampoo, eine Bodylotion oder ein Parfum mit Mandarinenduft benutzt haben musste, denn ich brachte ihn mit ihr in Verbindung und liebte den Geruch immer noch. Manchmal, wenn ich allein war, dann pellte ich eine Mandarine. Nicht, um die Frucht zu essen, sondern um meine Nase in der Schale zu vergraben.

Ab und zu bekam ich richtig Panik, weil ich mir Sorgen machte, dass ich sie vergessen würde. Dann nahm ich die Fotos meiner Mutter heraus, um ihr Gesicht zu studieren und es mir einzuprägen.

Jetzt hatte ich eine neue Erinnerung von ihr. Ich würde niemals das glänzende braune Haar, das glückliche Lächeln vergessen. Sie war so hübsch in dem großen grauen T-Shirt, das sie sich über den Kopf gezogen hatte, dass sie fast leuchtete. Ich konnte die Liebe sehen, die sie meinem Vater entgegenbrachte, und sie wirkten beide so … unbeschwert.

Ich starrte sie so intensiv an, dass meine Augen anfingen zu brennen, aber ich wollte mich an jedes kleine Detail erinnern. Sie ging zum Fenster und schaute hinaus, immer noch ein Lächeln auf den Lippen, und ich war völlig verzaubert. Ich war so hin und weg, dass ich vergaß, dass ich ihr direkt gegenübersaß. Ihr Gesichtsausdruck änderte sich, sie zog die Brauen zusammen, und sagte etwas über die Schulter zu meinem Vater, der noch im Bett lag. Er sprang auf und kam auch zum Fenster, und dann merkte ich, dass sie zu mir rüberschauten. Sie sahen mich. Oder, besser gesagt, sie sahen jemanden, der im Baum saß und sie ausspionierte.

Als mein Vater sich umdrehte und aus dem Zimmer lief, wahrscheinlich um entweder nach draußen zu kommen oder die Polizei anzurufen, kletterte ich so schnell wie ich konnte vom Baum. »Wir wurden erwischt«, rief ich Zack zu, der unter dem Baum auf mich wartete. In meiner Eile rutschte ich aus und fiel runter – direkt in Zacks Arme. Er fing mich auf wie ein Bräutigam, der seine Braut über die Schwelle trägt. Seine muskulösen Arme schienen kein Problem damit zu haben, meine 75 Kilo zu halten. Es fühlte sich gut an. Dann fiel mir mein Vater wieder ein. »Wir müssen weglaufen«, sagte ich. Aber Zack setzte mich nicht ab, sondern trug mich stattdessen zur Hecke, die unseren Garten von dem des Nachbarn trennte. Bevor ich mich fragen konnte, was er da tat, fing alles an, sich zu drehen und ich kotzte wieder – diesmal in die hohe grüne Hecke meiner Gegenwart.

AVERAGE ANGEL, die gesamte Serie im Taschenbuchformat, ist überall im Handel erhältlich. Die Geschichten STERNSCHNUPPEN-WUNSCH, WEIHNACHTSWUNSCH und WUNSCHBRUNNEN gibt es auch separat als eBooks.

Mehr dazu auf felicitygreen.com.

Außerdem von Felicity Green:

Paranormal Mystery in den schottischen Highlands: Die magischen HIGHLAND-HEXEN-KRIMIS von Felicity Green.

Band 1, DER TEUFEL IM DETAIL:
Im malerischen Städtchen Tarbet in den schottischen Highlands führt eine mysteriöse Gruppe Frauen etwas Böses im Schilde. Davon ist Dessie McKendrick überzeugt, deren Mann Connor während der Flitterwochen am Loch Lomond spurlos verschwand. Zehn Jahre später ist Dessie immer noch dort, als wieder ein junges Paar im unheimlichen Thistle Inn übernachtet und die Frau am nächsten Morgen allein aufwacht …

ISBN: 9783844800104

Felicity Green

Felicity Green wurde in der Nähe von Hannover geboren und zog nach dem Abitur nach England. In Canterbury studierte sie Literatur und Schauspiel. Später tingelte Felicity mit diversen Theatergruppen durch England, Irland und Schottland, besuchte eine Schauspielschule in L. A. und trat in Indie-Filmen auf.

Nachdem sie ihre eigene One-Woman-Show für das Brighton Festival geschrieben hatte, packte sie die Schreibwut. An der University of Sussex schloss sie einen MA in Kreativem Schreiben ab.

Die Liebe holte sie nach Deutschland zurück. Mit ihrem Mann Yannic, Tochter Taya und Kater Rocks lebt sie an der Schweizer Grenze. Zwei Jahre lang arbeitete Felicity Green bei Kleinverlagen in Zürich, bevor sie sich als Übersetzerin und Autorin selbstständig machte.